简媜——著

你笑起来
真像好天气

北京联合出版公司
Beijing United Publishing Co.,Ltd.

愿你这一次的人生，
一半是微笑，一半是爱。

目 录

第一章 芒花深处

柴米油盐的空隙，塞的是疲惫，难以栽种悠闲。所以，旅行的第一层意义就是把自己绑架出去，脱离轨道，去新的时空变成另一种动物。

散步到芒花深处	/ 002
给孔子的一封信	/ 009
渔父	/ 012
天涯海角	/ 029
水问	/ 042
四月裂帛	/ 046

第二章

闲语二三

我这儿不冷不暖、不生不死、不净不垢。唯一能做的是，闲闲无代志。

牵着时间去散步	/ 068
女儿状	/ 075
母者	/ 080
秋日边境	/ 089
在我发间纠缠的思念	/ 093
闲闲无代志	/ 099
尚未发生	/ 107

第三章

肉身启示

肉身是灵魂用来探险的船,胖的人像航海战舰般沉着稳重,瘦有瘦的轻盈,似云端小风帆。

一个编辑劳工的苦水经　　/ 114

他们俩　　/ 128

三只蚂蚁吊死一个人　　/ 132

一只萤火虫把夜给烧了　　/ 138

大忧大虑　　/ 141

肉身启示录　　/ 146

难以启齿的生活　　/ 153

第四章

片刻辰光

总有一些温馨的东西，随着生活的潮涨不知不觉地遗落于我孤单的沙岸，像一篇呆板的公文里突然冒出的美丽句子。

迟来的名字	/ 166
流金草丛	/ 169
一瓢清浅	/ 172
贴身暗影	/ 181
某个夏天在后阳台	/ 191
拖鞋志	/ 196
口红咒	/ 200

第五章

远山有灯

荣华或清苦,都像第一遍茶,切记倒掉。而浓茶转淡,饮到路断梦断,自然回甘。

茶则　　　　　　　　/ 206

姜母茶　　　　　　　/ 208

寻找薄荷的小孩　　　/ 210

铁观音　　　　　　　/ 213

面茶　　　　　　　　/ 216

茶枕　　　　　　　　/ 218

女侍　　　　　　　　/ 220

最丑的茶杯　　　　　/ 222

第六章

天涯海角

如果,有醒不了的梦,我一定去做;如果,有走不完的路,我一定去走;如果,有变不了的爱,我一定去求。

美丽的茧	/ 226
初次的椰林大道	/ 230
白千层	/ 235
花之三叠	/ 238
问候天空	/ 241
秋夜叙述	/ 246

喜欢在深夜书斋淡淡地想你，想这世上有你这个人，风波都可以平定。一杯白水喝尽时，拥被而眠。仿佛已经过了好几程惊涛骇浪，轻舟你我。

壹·芒花深处

孤独的诗人们
所有不被珍爱的人生
都应该高傲地绝版

散步到芒花深处

　　有风吹来，眼前一条河堤往云空的地方蜿蜒而去，望不见尽头。

　　埋没在生活当中，日日像磨坊里的骡子团团转，也是望不见尽头的。柴米油盐的空隙，塞的是疲惫，难以栽种悠闲。所以，旅行的第一层意义就是把自己绑架出去，脱离轨道，去新的时空变成另一种动物；磨坊骡子变成草原上花蝴蝶，一肩扛家一肩驮负业务的人，变成蹦跳小兔。旅行，通常有个潜藏的倾向，把自己变小，小到像蝌蚪、瓢虫，不被找到。

　　谁有用不完的福气，能常常把自己丢到海角天边？被数条绳索绑手绑脚的人，南北一日游都是奢侈的。但疲惫的心需要雨露润泽，心花才能含苞待放；至于脑，像笼子关满骚动鸟类，必须找个天高地宽之处打开栅门，让老鹰、乌鸦说不定也有云雀一般的思绪，振翅飞出，以免憎恨意识凶猛的猎鹰啄死那只仁慈的小云雀。

　　散步，是自我解救的最佳小路径，不必订票无须行李，带上钥匙就好。若不幸是从跟人喷火爆油的地方甩门而出，忘了带钥匙，回头去拿会破坏刚刚甩门的戏剧效果，干脆不回头好似一个不打算回家的人，也是一种小小的气魄。

最好有一条长长的树街，两边大树枝条在半空交握形成隧道，只挡丑陋建筑不挡春花秋月；最好有几条可喜的小巷，经过咖啡小铺闻到诱人的咖啡香，经过公园，晒太阳的老人依然高声谈笑，走到固定地点，抬头欣赏爱种花的那户人家，阳台上艳色九重葛开得像造势大会……但这些都比不上离家不远的地方，有一条河堤。

我与河有缘，童年时沿冬山河骑车追风逐日，落籍台北后，住内湖时民权大桥下是基隆河，住深坑时每日过升高大桥，常见景美溪畔钓客与白鹭鸶同在，如今移居文山区，景美溪也来到宽阔可亲的下游，不像其上游"石碇"、中游"深坑"因河川作用得名那般惊险。河之流程与人的成长有异曲同工之妙，世面见多、年岁够久，越来越显得和蔼可亲。

台湾有将近一百三十条河系，以此张开的水性网络遍布全岛，浪漫地想，每个人的童年都应该在河边长大才对，如果没有，不是河抛弃我们，是我们背叛河。一块土地，从农耕开发成都市，首先铲除的必然是山丘与河川，不懂得保留大自然资产的城市，丑得惊人。台湾一直犯这种错，是以，三十多年前我虽临基隆河而居，却无法亲近那条又黑又乱的河，移住深坑山庄岁月，山下景美溪常飘来养猪户排放废水之臭，后来虽取缔，但杂树丛草掩盖河滩，亦不易亲近。直到十多年前搬来此地，拜自然意识抬头，台北开始寻找"河川亲情"，有关部门提拨经费整治河堤，民众才拥有一条可以骑车、慢跑、散步的堤岸小径。可叹，等得都老了。

"青青河畔草，绵绵思远道。远道不可思，宿昔梦见之。"乐府诗《饮马长城窟行》前四句，曾出现在我中学时一度着迷收集的风景书签上；一条小河蜿蜒着，两岸枫林转红，天空有飞鸟。配合低回的诗情，这张纸上风景伴我苦读，当心绪疲累时便幻想自己躺在岸边小睡，河水潺潺，枫叶飘落我身。曾经这么依赖一条想象中的河，或许启动了冥冥之中的缘法，现实上也有一条河在我最疲累的时候安慰了我。

那是写《谁在银闪闪的地方，等你》期间，侍亲陪病与案头写作冲突，心力交瘁。某日，兴之所至散步，走到小巷尽头见一楼梯，心想应该是堤岸，搬来数年都未走到，不妨一探。

文山区曾淹水，应是为了防洪才修筑高堤，堤下便是景美溪，溪畔再修一条河岸小路，如此形成堤顶小径、河岸小路同行的地貌。这一条有名的单车道，从动物园起程一路可延伸至淡水，骑程约两三小时。我家附近这段，堤顶仅供步行，岸路较宽可以跑步、骑车。河岸边为了提供暴雨时河水宣泄之用，相隔甚远只种几棵茄冬树或水黄皮，此外即是草地及河滩零星分布的芒丛。至于高处堤道，一边有长条花圃可栽花，另一边靠大马路的缓降坡，各色树木蓊郁，自成绿云带。

有一日，书写陷入困顿；要采取轻松做法将已完成篇章收拢成书，还是拆掉小格局拉出大架构重写？我坐在河岸，面对晚霞倒映水面，仿佛看着自己的心湖：有阴沉处也有绚烂部分，有潦草处也有耐得住寂寞的地方，身旁高大的芒丛随风发出忽强忽弱的窸窣声，仿佛安慰我："撑下去，撑下去，最困难的路段快要过去了……"我领受这不知是来自内心深处的自我鼓舞或是河流赠言，竟有被理解、被拥抱的感动。沉思："每本书如同一个人，都是一生仅此一会啊，既然如此，就选择困难却辉煌的，好好地与他恋爱、厮守一场吧。"我对着河流许愿，让我完成这本困难之书，出版后我会再来，朗诵给河流听。书出，再次坐在芒丛边，为一条河朗读。"青青河畔草，绵绵思远道"往日情怀再现，这时躺卧在河边听我朗读的，应该是年少以来陪伴我的那位河流精灵吧。

平静日常，堤顶散步也是愉悦的。有一次，我专程为认识植物而去，带一壶咖啡、笔记本，凡不认识的，利用手机软件查询。树群种类颇丰，有：小叶榄仁、樱、樟、松、柏、茄冬、海桐、榄仁、水黄皮、白鸡油、水杉、乌桕、苦楝、朴树……遇一丛十多龄栀子花尤其惊喜。至于植花，堤顶棚架栽着山牵牛，淡紫色垂吊花串像爬屋顶的小顽童，除此之外，零星草花欠缺照料，不多时即出现败象，颇为遗憾。

大约就在酝酿《我为你洒下月光》期间，又发作了，写或不写拉扯着，随着散步的步伐起落，后来决定写，书的模样却不知从何构思起，宛若大海捞针，常坐在石墩仰望星空，对着月亮释放思潮。"人不能两次踏入同一条河流。"古希腊哲学家赫拉克利特之语引我深思；第二次踏入，河已不是之前的河，人也非之前的人。然而，人之所以想再次踏入，不正是因为前一次"未了"吗？未了的又是什么？我自行剖析，层层剥去，流露初心。或许，对夜风而言，这些藏在头颅内的思绪都是可吹扬的絮，吹落河面，吹到花圃。不久，发觉堤顶花圃有几株欠缺照料的玫瑰开花了，我回程时特别会去深深嗅闻其芬芳，得到片刻欢愉。随着书写进入如火如荼阶段，那条荒废花圃竟然种着不知自何处移来的含苞玫瑰与百合，一百多株各色品种玫瑰开出盛况，成排的百合花也昂扬绽放，风中香氛流动。某晚，坐在花前椅上，问这条河："这是为我种的吗？"心情甜美至极。苏东坡《念奴娇》句"多情应笑我早生华发"，原意是"应笑我多情早生华发"，人生实难，自作多情又何妨，玫瑰呼应书写，解我疲乏，一路才有月光。

我重新思索旅行与散步有何不同。旅行去到异地他乡，急于认识新奇环境，自我变小，家常散步只在熟悉地方，感官凝缩，自我放大；一路上处于大脑放空状态无所思虑，或是思虑甚深沉浸在某项主题之中，步伐起落仅是依照本能而行，像在帮思绪伴奏。是以，旅行适合结伴交换惊奇，散步适合独行，若要结伴，除非两人脚步速度合拍、言谈主题相同、思绪涟漪交融，若是一人滔滔不绝宣泄其感受，另一人不得不听，便会坏了散步兴致。旅行昂贵，人不会把时间用来诉苦诉冤诉怨，散步免费，常会落入此井。

最让我向往的结伴散步，当属柏拉图《费德罗篇》[①]。苏格拉底偶遇费德罗，问他往哪里去，费德罗答："我在吕西亚斯家坐了整个上午，现在要去城墙外散步。"多美的开始，他们往城外一起散步，打算找个地方好好听费德罗朗读吕西亚斯的演说稿。两人沿着伊利索斯河走，打赤脚，相中一棵大松树，涉水过河，称赞溪水清澈透明。以下这一段很迷人，值得引述。

苏格拉底说："这棵松树如此开枝散叶，高大参天，而一旁的

[①] 引自《论美，论爱：柏拉图〈费德罗篇〉译注》，孙有蓉著。

牡荆树也如此高大，提供这么好的树荫。况且，眼下正值牡荆花盛开，在这些花的点缀下，没有什么地方比这里更美了。除此之外，松树旁还潺潺流着令人无法抗拒的溪水，我刚刚用脚试了水温，想不到溪水如此沁凉。……这条溪流根本是献给水仙子与阿奇罗（指星河之神）的供品。看！请看看，这里的空气如此舒爽。这就是夏天的乐曲啊！溪水与蝉的心声相互呼应……这片草地实属当中极品：坡上草地天然的柔软让我们得以伸展全身，让头处于最舒适的状态。"

费德罗赞许他："你啊，令人仰慕的男人，你真是这世上最令人费解的人。"

让我不禁想起《论语》中曾皙所言："莫春者，春服既成。冠者五六人，童子六七人，浴乎沂，风乎舞雩，咏而归。"再也没有比徜徉大自然之中更能呼应丰饶的精神世界了，形上国度与自然美景互证，让我向往。读柏拉图，发现场景大多在生活中、自然里，并非正襟危坐在课堂里辩论，显示哲思乃在行住坐卧之间，是生活需求的一种，也是自然运行的一部分。来到草坡，苏格拉底对费德罗说："我打算全身舒展开来，躺在这片草地上。而你呢，你就选个你觉得朗读最舒适的姿势，等你安顿好，就念吧。"如此生动，恨不得身在其中，旁听朗诵。

河岸散步，要是挑剔的毛病犯了，一路上看到的规划模式不是爱智而是反智；桥边拉一条很长的LED灯线，晚间变换各色霓虹光，没有故事，认为河只是水与土石组合而已，民众只需有平坦的地面追赶跑跳，不需知道一条河的身世。宁愿把大片空地切割成各种儿童游戏区块，忘了给附近学校布置一个可以当户外教室的空间，让

学生有机会在明亮春天来这里上一堂语文课。

走着走着,不免幻想,如果眼前这一条河的左岸风景属哲学、历史,右岸属诗与艺术,不仅只是步道车道而已,该有多好。如果溪流能够再度清澈,允许赤脚涉水,还能保留大片原生芒丛,让沉思者散步到芒花深处,被白鹭鸶、黑冠麻鹭、红头绿鸠惊醒,领取一片白茫茫的秋天气息,那当下的触动或许能让疲惫的心恢复元气,像旭日初升一般。

这是喜爱散步的人不可救药的幻想吧。慢着,说不定不是幻想,是用另一种样态存在的情景。有一天,我走到芒花尽处,看见边坡上三只喜鹊排成一列,频频点头不知在讨论什么。忽想,是苏格拉底与费德罗在辩论爱与欲、美与智,僵持不下,找来第三人评评理吗?那个人是谁?

天啊,难道是我吗?

给孔子的一封信

孔子先生您好：

很不好意思占用您的宝贵时间，我是您的崇拜者，现在在做家庭主妇，我一共生了三个孩子，有一个老公。

实在是很不得已的啦，我也不知道您家电话（一〇四说没有登记），只好写信；那我也没有念很多书（因为家庭环境不是很好，只念到小学三年级就完毕了），如果讲得不清楚，请您不要见笑。

我不是有三个小孩吗？生也是我，养也是我，教也是我，我那个老公只管赚钱，只会"呷得肥肥，装得锤锤"，什么都不管，他连小孩念几年级都不知道。现在大的念高二，老二升初三，最小的小学六年级，功课都在四十名左右，反正不要"吊车尾"最后一名就可以了。可是，最近半年来，我实在"强强欲抓狂"，电视说好多初中生、高中生跳楼自杀，有的死成功，有的没有成功，我看得心脏都快要停掉。您知道吗，我家住八楼，我很害怕小孩会从窗户跳下去，所以就叫人来装铁窗。可是也有的小孩在学校跳啊，那我又不能叫校长统统装铁窗。我老公看到这种新闻就发脾气，那个报纸跟新闻都有把小孩的父母照出来、名字写出来,我老公就骂小孩说:"你们要是敢去跳楼害我上报,没跳死我也把你像'揉'蚂蚁一样'揉'死!"我实在很舍不得那些小孩,也替他们的父母心酸,养一个小孩到十六七岁很不简单的咧,要花很多辛苦的咧,他跳完就溜溜去了,可是他父母还在活,以后他妈妈听到别人说"我小孩怎样怎样"时,心会像刀子在割,那个头永远抬不起来。报纸、新闻又把父母名字写出来,看起来好像他们害死小孩一样,有没有天良!孔子先生,我很不了解为什么小孩吃饱了要去跳楼,您比较有智慧,可不可以劝他们一下,就说是,父母生你养你,没有功劳也有苦劳,做父母的很痴情的,就算小孩出生的时候算命仙说他到十七岁会去跳楼,做父母的也会很痴情把他养到十七岁的。孔子先生,拜托您一定要把这个意思讲给他们听,要不然,"砰",跳一个,"砰",跳两个,那我们女人再会生也不够他们跳啊,对不对!

另外,我家这栋楼的妈妈们常在一起聊天,她们有的想把小孩送到外国,有的把户口迁到好一点的学区,听说这样小孩才会考上好学校。我也很想这样做,可是因为我先生不是很会赚钱(房子还在贷款呢),我又听她们常常在比送什么礼物啦、请家教啦、上补习班啦,好像那个好学校的好班要花很多钱的样子。有一次,有个妈妈就在叹气之后提到您的大名,说:"要是孔子在就好了!"我第一次听到"有教无类""自行束脩以上,吾未尝无诲焉"的"教育理想"。我知道"有教无类"就是"有给他教,没有给他分类","束脩"就是肉干(我有去查字典)。我觉得您实在有够厉害,心肠这么好观世音菩萨会保佑您们全家的!您可不可以出面去跟那个教育部长讲一下,不要给小孩分类？又不是环保署，要分玻璃罐、铝罐对不对！还有另外，您可不可以上电视跟做父母的讲，不要逼小孩一定要考上建中、北一女、台大嘛，念书跟吃饭差不多，要是小孩的胃很小粒，你逼他吃大粒胃才吃得下的东西，那他的小胃就会爆炸，像我小时候帮家里卖鸭，为了重一点，拼命用唧筒灌饲料，就把鸭子的胃灌破了！我觉得小孩健健康康，长大不要去抢银行、杀人就好了，你逼他拿第一名，就算是全校，也不是全世界第一啊！像我，就不会逼小孩考第一，因为我不是第一名妈妈怎么可能生出第一名的小孩呢？对不对！

　　不过，我听那些妈妈在讲，好像现在的教育问题很严重。我不像她们有学问、会讲话，所以就想写这封信给您，请报社帮我转一下，我是想说，既然您教书的口碑那么好，不知道您有没有开暑期辅导班？我有去侧面打听啦，听说您的学生没有念到一半去跳楼、自杀的，我想请您"出山"来教我的小孩，这样我就不必"吊胆"了。可不可以请您寄招生简章跟报名表给我？（要十份，隔壁陈太太、三楼李太太、四楼林太太……都要）

　　还有，不知道您比较喜欢吃"新东阳"肉干还是"黑桥牌"？一百盒够不够？

　　还有就是说，孔子先生，肉还是不要吃太多比较好。

　　敬祝

健康

　　　　　　　　　　　　　　　　　　简太太敬上

　　几天后，这封信被退回，原因是：查无此人。

渔父

父亲，你想过我吗？

"虽然只做了十三年的父女就恩断缘尽，他难道从来不想？"我常自问。然而，"想念"是两个人之间相互的安慰与体贴，可以从对方的眉眸、音声、词意去看出听出感觉出，总是面对面的一桩人情。若是一阴一阳，且远隔了十一年，在空气中，听不到父亲唤女儿的声音；在路途上，碰不到父亲返家的身影，最主要的，一个看不到父亲在衰老，一个看不见女儿在成长，之间没有对话了，怎么去"想法"？若各自有所思，也仅是隔岸历数人事而已。若看到女儿在人间路上星夜独行，他也只能看，近不了身；女儿若在暴风雨的时候想到父亲独卧于墓地，无树无檐遮身，怎不疼？但疼也只能疼，连撑伞这样的小事，也无福去做了。还是不要想，生者不能安静，死者不能安息。

好吧！父亲，我不问你死后想不想我，我只问生我之前，你想过我吗？

好像，你对母亲说过："生个团仔来看看吧！"况且，你们是新婚，你必十分想念我——哦！不，应该说你必十分想看看用你的骨血你的筋肉塑成的小生命长得是否像你？大概你觉得"做父亲"这件事很令人异想天开吧！所以，当你下工的时候，很星夜了，屋顶上竹丛夜风安慰着虫唧，后院里井水的流咽冲淡蛙鼓，鸡埘已寂，鸭也闭目，你紧紧地掩住房里的木门，窗棂半闭，为了不让天地好奇，把五烛光灯泡的红丝线一拉，天地都躺下，在母亲的阴界与你的阳世之际酝酿着我，啊！你那时必定想我，是故一往无悔。

当母亲怀我，在井边搓洗衣裳，洗到你的长裤时，有时可以从口袋里掏出一包酸梅或腌李，这是你们之间不欲人知的体贴，还不是为了我！父亲，你一个大剌剌的庄稼男人，突然也会心细起来，我可以想象你是何等期待我！因为你是单传，你梦中的我必定是个壮硕如牛的男丁。

可是，父亲，我们第一次谋面了，我是个女儿。

日日哭

母亲的月子还没有坐完，你们还没有为我命名，我便开始"日日哭"——每天黄昏的时候，村舍的炊烟开始冒起，好像约定一般，我便凄声地哭起来，哭得肝肠寸断似的，让母亲慌了手脚，让阿嬷心疼，从床前抱到厅堂，从厅堂摇到院落，哭声一波一波传给左邻右舍听。

啊！父亲，如果说婴儿看得懂苍天珍藏着的那一本万民宿命的家谱，我必定是在悔恨的心情下向你们哭诉，请你们原谅我、释放我、还原我回身为那夜星空下的一缕游魂吧！而父亲，只有你能了解我们第一次谋面后所遗留的尴尬：我愈哭，你愈焦躁，你虽褓抱我，亲身挽留我，我仍旧抽搐地哭泣。终于，你恼怒了，用两个指头夹紧我的鼻子，不让我呼吸，母亲发疯般掰开你的手，你毕竟也手软心软了。父亲，如果说婴儿具有宿慧，我必定是十分喜欢夭折的，为的是不愿与你成就父女的名分，而你终究没有成全我，到底是什么样的灵犀让你留我，恐怕你也遗忘了。而从那一次——我们第一次的争执之后，我的确不再哭了，竟然乖乖地听命长大。父亲，我在聆听自己骨骼里宿命的声音。

前　寻

我畏惧你却又希望亲近你。那时，我已经可以自由地跑于田埂之上、土堤之下、春河之中。我非常欢喜嗅春草拈断后，茎脉散出来的拙香，那种气味让我觉得是在与大地温存。我又特别喜爱寻找野地里小小的蛇莓，翻阅田埂上每一片草叶的腋下，找艳红色的小果子，将它捏碎，让酒红色的汁液滴在指甲上，慢慢浸成一圈淡淡的红线。我像个爬行的婴儿在大地母亲的身上戏耍，我偶尔趴下来听风过后稻叶窸窸窣窣的碎语，当它是大地之母的鼾声。这样从午后玩到黄昏，渐渐忘记我是人间父母的孩儿。而黄昏将尽，竹舍内开始传出唤我的女声——阿嬷的、阿姆的、隔壁家阿婆的，一声高过一声。我蹲在竹丛下听得十分有趣，透过竹干缝看她们焦虑的裸足在奔走，不打算理，不是恶意，只是有一点不能确信她们所唤的名字是不是指我。若是，又不可思议为什么她们可以自定义姓名给我,一唤我,我便得出现?我唤蛇莓多次,蛇莓怎么不应声而来呢?这时候,小路上响起这村舍里唯一的机车声,我知道父亲你从市场卖完鱼回来了,开始有点怕,抄小路从后院回家,赶快换下脏衣服,塞到墙角去,站在门槛边听屋外的对话:

"老大呢?"你问,你知道每天我一听到车声,总会站在晒谷场上等你。阿嬷正在收干衣服,长竹竿往空中一蠹,衣衫纷纷扑落在她的臂弯里:"到不知晓回来,叫半天,也没看到团仔影。"我从窗棂看出去,还有一件衣服臂黏在竹竿的末端,阿嬷仰头趁手抖着竹竿,衣服不下来。是该出去现身了。

"阿爸。"扶着木门,我怯怯地叫你。

阿嬷的眼睛远射过来,问:"藏去哪里?"

"我在眠床上困。"说给父亲你听。你也没正眼看我,只顾着解下机车后座的大竹箩,一色一色地把鱼啊香蕉啊包心菜啊雨衣雨裤啊提出来,竹箩的边缝有一些鱼鳞在暮色中闪亮着,好像鱼的魂醒来了。地上的鱼安静地裹在山芋叶里,海洋的色泽未褪尽,气味新鲜。

"老大,提去井边洗。"你踩熄一支烟,喷出最后一口,烟袅袅而升,如柱,我便认为你的烟柱擎着天空。

我知道你原谅我的谎言了,提着一座海洋与一山果园去井边洗,心情如鱼跃。

我习惯你叫我"老大",但是不知为何这样称呼我。也许,我是你的第一个孩子;也许,你稍稍在自我补偿心中对男丁的想望;也许,你想征服一个对手却又预感在未来终将甘拜下风。你虽为我命名,我却无法从名字中体会你的原始心意；只有在酒醉的夜，你醉歪在沙发上，用沙哑而挑战的声音叫我："老——大，帮——我脱鞋——"非常江湖的口气。我迟疑着，不敢靠近你那酒臭的身躯，你愤怒："听到没？"我也在心底燃着怒火，勉强靠近你，抬脚，脱下鞋，剥下袜子，再换脚。你的脚指头在日光灯下软白软白的，有点冲臭，把你的双脚扶搭在椅臂上，提着鞋袜放在门廊上去，便冲出门溜去稻田小路上坐着。我很愤怒，朝墨黑的虚空丢石头，石头落在水塘上："得拢（了）！"月亮都破了。只有这一刻，我才体会到你对我的原始情感：畏惧、征服性的，以及命定的悲感。

然而，我们又互相在等待、发现、寻找对方的身影。

夏天的河水像初生育后的母乳，非常丰沛。河的声音喧哗，河岸的野姜花大把大把地香开来，影响了野蕨的繁殖欲望，蕨的嫩婴很茂盛，一茎一茎绿贼贼的，采不完的。不上学的午后，我偷偷用铁钉在铝盆沿打一个小孔，系上塑料绳，另一头绑在自己的腰上，拿着谷筛，溜去河里摸蛤蜊。"扑通！"下水，水的压力很舒服，我不禁"啊啊啊"地呼气。河沙在脚趾缝搔痒、流动，用脚指一掘，就踩到蛤蜊，摸起来丢在铝盆，"咚！咚！咚！"蛤蜊们在盆里水中伸舌头吐沙，十分顽皮，我一粒一粒地按它们的头，叫它们安静些。有时，筛到玻璃珠、螺丝钉、纽扣，视为珍宝，尤其纽扣。我可以辨认是哪一家婶子洗脱的扣子，当然不还她，拿来缝布娃娃的眼睛。啊！我没有家，没有亲人，没有同伴，但拥有一条奔河，及所有的蛤蜊、野蕨、流沙。这时候，远方竹林处传来你的摩托车声，绝对是你的，那韵律我已熟悉。我想，我必须躲起来，不能让你发现我在玩水。

但是这一段河一览无遗，姜叶也不够密，我只得游到路洞中去藏，等待你的车轮碾过。我有种紧张的兴奋，想吓你，当你的车甫过时，大声喊你："阿——爸啊！"然后躲起来，让你只闻其声不见其人，偷看你害怕的样子：你也许会沿着河搜索，以为我溺毙了，刚刚是回魂来叫你，你也许会哭，啊！我想看你为我哭的样子……来了，车声很近了，"轰轰轰——"，车轮碾过洞的路表，河波震得我麻麻的，我猛然从水中蹿出，要叫，刹那间心生怀疑，车行已远……那两个字含在嘴里像含着两粒大鱼丸，喘不过气，我长长地叹一口气，把那两字吐到河水流走。叫你"阿爸"好像很不妥帖，不能直指人心，我又该称呼你什么，才是天经地义的呢？一身子的水在牵牵挂挂，滴到河里像水的婴啼，我带着水潜回河中，不想回家去帮你提鱼提肉，连对"父亲"的感觉也模糊了。夏河如母者的乳泉，我在载浮载沉。然而，为何是你先播种我，而非我来哺育你？

或者，为何不能是互不相识的两个行人，忽然一日错肩过，觉得面熟而已？我总觉得你藏着一匹无法裁衣的情感织锦，让我找得好苦。

迟归的夜，你的车声是天籁中唯一的单音。我一向与阿嬷同床，知道她不等到你归来则不能睡，有时听到她在半睡之中自叹自艾的鼻息，也开始心寒，怕你出事。你的车声响在无数的蛙鸣虫唧之中，我才松了心，与世无争。你推开未闩的木门进入大厅，跨过门槛转到阿嬷的房里请安，你们的话中话我都听进耳里，你以告解的态度说男人嗜酒有时是人在江湖不得不，有时是为了心情烦闷。阿嬷不免责备你，家里酿的酒也香，你要喝几坛就喝，也免得妻小白白担了一段心肠。这时，阿姆烧好了洗澡水，也热了饭汤，并请你亲自去操刀做生鱼片。

一切就绪,你来请阿嬷起身去喝一点姜丝鱼汤,掀起蚊帐,你问:

"老大呢?"

"早就困去啰。"

你探进来半个身子,拨我的肩头,叫:

"老大的——老大的——起来吃!"

我假装熟睡,一动也不动(心想:再叫呀!)。

"老大的——"

"困去了,叫伊做啥?"阿嬷说。

"伊爱吃。"

做父亲的摇着熟睡中女儿的肩头,手劲既有力又温和,仿佛带着一丁点权威性的期待,及一丁点怕犯错的小心。我想我就顺遂你的意思醒过来吧!于是,我当着那些蛙们、虫群、竹丛、星子、月牙……的面,在心里很仁慈地对着父亲你说:"起来吧!""做啥?阿爸。"我装着一脸惺忪问你。

"吃。"说完,你很威严地走出房门,好像仁至义尽一般。

但是,父亲,你寻觅过我,实不相瞒。

手温,那是我今生所握过,最冰冷的手。

"青青校树,萋萋庭草"的骊歌唱过之后,也就是长辫子吊带裙该换掉的时候。那一日,正是夏秋之间田里割稻的日子,每个人都一头斗笠、一手镰刀下田去了。田土干裂如龟壳,踩在脚底自然升起一股土亲的感情。稻穗低垂,每一颗谷粒都坚实饱满,闪白闪白的稻芒如弓弦上的箭,随时要射入村妇的薄衫内,好搔得一坨红痒。

空气里,尽是成熟的香,太阳在裸奔。

父亲,你割稻的身躯起伏着,如一头奔跑中的豹。你的镰刃声擦过我的耳际,你的阔步踩响了我左侧的裂土,你全速前进,企图超越我,然后会在平行的时候停下来,说:"换!"然后我就必须成为你左侧的败将,目送你豹一般往前割去,一路势如破竹。但是,父亲,我决心赢你。我把一望无际的稻浪想象成战地草原,要与你一决雌雄。我使尽全力速进,割声脆响,挺立的稻秆应声而倒,不留遗言。我听见你追赶的镰声,逼在我的足踝旁、眉睫间、汗路中、心鼓上。我喘息着,焦渴着,使刀的劲有点软了。我听到你以一割双棵的掌式逼来,割声如狼的长,速度加快,我不由得愤怒起来,撑开指掌,也用同样的方式险进,以拼命的心情。父亲,去胜过自己的生父似乎是一件很重要的事情,你能了解吗?

当我抵达田埂边界,挺腰,一背的湿衫,汗水淋漓,我握紧镰刀走去,父亲,我终于胜过你,但是不敢回头看你。

日落了,一畦田的谷子都已打落,马达声停止,阿嬷站在竹林丛边喊每个人回家晚饭。田里只剩下父亲你和我,你正忙着出谷,我随手束起几株稻草,铺好,坐下歇脚,抠抠掌肉上的茧,当我摘下斗笠扇风时,你似乎很惊讶,停下来:

"老大,你什么时候去剪掉长头毛?"

"真久啰。"我摸摸那汗湿透的短发,有点不好意思,仿佛被你窥伺了什么。

"做啥剪掉?"

"读中学啊!你不知道?"

"哦。"

你沉默地出好谷子,挑起一箩筐的谷子走上田埂回家,不招呼我,沉重的背影隐入竹林里。

我躺下,藏在青秆稻草里的蛤蟆纷纷跳出来,远处的田有人在烧干稻草,一群虎狼似的野火奔窜着、奔窜着,把天空都染红了半边。我这边的天,月亮出来了,然而是白夜。

父亲,我了解你的感受,昔日你襁抱中那个好哭的红婴,今日已摇身一变了。这怎能怪我呢?我们之间总要有一个衰老,一个成长的啊!

但是,一变必有一劫。田里的对话之后,我们便很少再见面了。据说你在南方澳,渔船回来了,渔获量就是你的心事;据说你在新竹,我在菜园里摘四季豆的时候,问:

"阿嬷,阿爸去哪?"

"新竹的啊!"

"做什么?"

"小卷。讲是卖小卷。"

"你有记不对没?你上次讲在基隆。"

"不是基隆就是新竹,你阿爸的事我哪会知?"

基隆的雨季大概比宜兰长吧!雨港的檐下,大概充斥着海鱼的血腥、批鱼商的铜板味,及出海人那一身洗也洗不掉的盐馊臭。交易之后,穿着雨衣雨鞋的鱼贩们,抱起一筐筐的鲜鱼走回他们自己的市场,开始在尖刀、鱼俎、冰块、山芋叶、湿咸草,及秤锤之间争论每一寸鱼的肉价。父亲,你是他们中的一员,你激动的时候就猛往地上吐槟榔汁,并操伊老母……雨天,我就这样想象。想到心情坏透了,就戴上斗笠,也不披蓑衣,从后院鸡舍的地方爬上屋顶,小心不踩破红瓦片,坐在最高的屋墩上,极目眺望,望穿汪洋一般的水田,望尽灰青色的山影,雨中的白鹭鸶低飞,飞成上下两排错乱的消息,我非常失望,嗫嚅着:"阿爸!""阿爸!"天地都不敢回答。

再见到你,是一个瘖寐的夜,我都已经睡着了,正在梦中。突然,一记巨响——重物跌落的声音,改编了梦中的情节,我惊醒过来,灯泡的光刺着我的睡眠,我还是看到了你,父亲。

你全身爬进床上衣柜的底部,双拳捶打着木板床,两脚用力地蹬着木板墙壁,壁的那一面是摆设神龛的位置,供桌、烛台、香炉及牌位都摇摇作响,阿嬷束手无策,不知该救神还是救人?你又挣扎着要出来,庞大的身躯卡在柜底,你大声地呼啸着,咆哮着,痛骂一些人名……我快速地爬下床,我知道紧接着你会大吐,把酒腥、肉馊、菜酸臭,连同你的坛底心事一起吐在木板床上,流入草席里。

父亲,我夺门而去,夜露吮吸着我的光臂及裸足,我习惯在夜中行走,月在水田追随我,我抓起一把沙石,一一扔入水田,把月砸破,不想让任何存在窥见我心底的悲伤。整个村子都入睡了,沉浸在他们箪食瓢饮的梦中。只有田里水的闹声,冲破土堤,夜奔到另一畦田;只有草丛间不倦的萤火虫,忙于巡逻更。父亲,夜色是这么宁谧,我的心却似崩溃的田土,泪如流萤。第一次,我在心底下定决心:

"要这样的阿爸做什么?要这样的阿爸做什么?"

父亲,我竟动念弃绝你。

七月是鬼月，村子里的人开始小心起来，言谈间、步履间，都端庄持重，生怕失言惹恼了田野中的孤魂，更怕行止之际骚扰到野鬼们的安静——在七月，他们是自由的，不缚不绑，不必桎梏，人要礼让他们三分。小孩子都被叮咛着：江底水边不可去哦，有水鬼会拖人的脚；天若是黑，竹林脚千万不要去哦，小鬼们在抽竹心吃，听见没？第二天早晨去竹丛下看，果然落了一地的竹箨，及吸断的竹心渣。鬼来了，鬼来了。

七月十四日，早晨，我在河边洗衣，清早的水色里白云翠叶未溶，水的曲线曼妙地独舞着，光在嬉闹，如耀眼的宝珠浮于水面。我在洗衣石上搓揉你的长裤，阿爸，一扭，就是一摊的鱼腥水滴入河里。鱼的鳞片一遇水便软化，纷纷飘零于水的线条里。阿爸，你的车声响起，近了，与我擦背而过，我蹲踞着，也不回头看你了，反正，你是不会停下来与我说话的。我把长裤用力一抛，"叭"入河，用指头钩住皮带环，两只裤管直直地在水里漂浮，水势是一往无悔的，阿爸，我有一两秒的时间迟疑着，若我轻轻一放指，长裤就流走了。但我害怕，感觉到一种逝水如斯的战栗，仿佛生与死就在弹指之间。我快速地把长裤收回来，扭干每一滴水，将它紧紧地塞进水桶里。好险！捡回来了，阿爸！

但是阿爸，你的确是一去不返了。

那日，夜深极了，阿爸你还未回来，厅堂壁上的老钟响了十一下，我尚未合眼。远处传来一声声狗的长嗥，阴森森的月暝夜，我想象总有一点声音来通风报信吧！当我浑浑噩噩地从寤寐之中醒来时，有人用拳头在敲木门："咚""咚""咚"……

一个警察，数个远村带路的男人，说是撞车了，你横躺在路边，命在旦夕，阿爸。

阿嬷与阿姆随去后，我踅至沙发上呆住，老钟"嘀嗒""嘀嗒"，夜是绝望的黑，虫声仍旧唧唧，如苍天与地母的鼻鼾。我环膝而坐，头重如石磨，所有的想象都是无意义的暴动，人生到此，只有痴痴呆呆地等待、等待，老钟"嘀嗒、嘀嗒、嘀嗒、嘀嗒……"时间的咒语。

隐隐约约有哭声，从远远的路头传来，女人们的。你被抬进家门，半个血肉模糊的人，还没有死，用鼻息呻吟着、呻吟着。我们从未如此尴尬地面对面，以至于我不敢相认，只有你身上穿着的白衬衫我认得，那是我昨天才洗过晾过叠过的。阿姆为你褪下破的血衫，为你拭血，那血汩汩地流。所有的人都面容忧戚，但我已听不见任何哭声，耳壳内只回荡着老钟的摆声及你忽长忽短的呻吟——天就要亮了。像不像一个不愿回家的稚童摇着他的拨浪鼓在哭？我端着一脸盆的污血水到后院井边去，才呼吸到将破的夜的香，但是这香也醒不了谁了。上方的井水一线如泻，注乱下方池里的碎月，我端起脸盆，一泼，血水醑着这将芜的家园，"天啊！"我说，脸盆坠落，咕咚咚几滚，覆地，是上天赐下来的一个杯珓吗？我跪在石板上搓洗染血的毛巾，血腥一波一波刺着我的鼻，这浓浊、强烈、新鲜的男人的血，自己阿爸的。搓着搓着，手软了，坐在湿漉漉的青石上，面对着井壁痛哭，壁上的青苔、土屑、蜗牛唾糊了一脸，若有一命抵一命的交易，我此刻便换去，阿爸。

天快亮的时候，他们再度将你送去镇上就医。所有的人走后，你呻吟一夜的屋子空了，也虚了，只留下地上的斑斑碧血。那日是七月十五日，普度。

我在井边淘洗着米，把你的口粮也算进去的。昨夜的血水沉淀在池底，水色绛黑，我把脏的水都放掉，池壁也刷洗过，好像刷掉一场噩梦，好像什么事也没发生过，把上井的清水释放出来，我要淘米，待会儿家人都要吃我煮的饭，做田的人活着就应该继续活着，阿爸。

河那边的小路上，一个老人的身影转过来，步子迟缓而伛偻，那是七十岁的大伯公，昨晚，他一起跟去医院的。我放下米锅，越过竹篱笆过鸭塘边的破渔网奔于险狭的田埂上，田草如刀，鞭着脚踝，鞭得我颠沛流离，水田漠漠无垠，也不来扶，步上小路的那一刻，我很粗暴地问：

"阿爸怎么样？"

"啊……啊……啊……"他有严重的口吃，说不出话来。

"怎么样？"

"啊……啊……伊……伊……"

就在我愤怨地想扑向他时，他说：

"死了……死了……"

他蹒跚地走去，摇摇头，一路嗫嚅着："没……没救了……"我低头，只看见水田中的天，田草高长茂盛，在晨风中摇曳，摇不乱水中天的清朗明晰，我却在野地里哀痛，天！那是唯一的一次，我主动地从伏跪的祭仪中站起来，走近你，俯身贪恋你，拉起你垂下的左掌，将它阖在我温热的两掌之中摩挲着，抚摸着你掌肉上的厚茧，跟你互钩指头，这是我们父女之间最亲热的一次，不许与外人说（那晚你醉酒，我说不要你了，并不是真的），拍拍你的手背，放好放直，又回去伏跪。当我两掌贴地的时候,惊觉到地腹的热。

后　寻

死,就像一次远游,父亲,我在找你。

从学校晚读回来时,往往是星月交辉了。骑车在碎石子路上,经过你偶去闲坐的那户竹围,不免停车,将车子依在竹林下,弯进去,灯火守护着厅厅房房,正是人家晚膳的时刻。晒谷场上的狗向我吠着,我在他们的门外伫立,来做什么呢?其实自己也不清楚,就只是一种心愿罢了,来看看父亲你是否在他们家闲坐而已。那家妇人开了门,原本要邀请我入室,似乎她也记得我正在服丧,头发上别住的粗麻重孝,令她迟疑而不安,她双手阖起矮木门,只现出半身问我:"什么事?"我尴尬而不敢有怄,说:"好久没看到你,我阿爸过身,多谢你帮忙。"我转身要走了,她叫住我,说:"是没弃嫌才跟你讲,去别人家,戴的孝要取下来,坏吉利。"父亲,东逝水了,我是岸土上奔跑追索的盲目女儿,众生人间是不会收留你的了。

天伦既不可求,就用人伦弥补,逆水行舟何妨。父亲,你死去已逾八年。

"你真像我的阿爸!"我对那人说。有时,故意偏着头眯着眼觑他。

"看什么?"他问。

"如果你是我阿爸,你也认不得我了。"

"哦?"

"你死的时候三十九岁，我十三岁；现在我二十一岁了，你还是三十九岁。"

"反正碰不到面。"

痴傻的人才会在情愫里掺太多血脉连心的渴望，父亲逆水行舟终会覆船，人去后，我还在水中自溺，迟迟不肯上岸，岸上的烟火炎凉是不会襁抱我的了，我注定自己终需浴火劫而残喘、罹情障而不愈、独行于荆棘之路而印血，父亲，谁叫我对着天地洒泪，自断与你的三千丈脐带？

我执迷不悟地走上偏峰断崖，无非是求一次粉身碎骨的救赎。

捡　骨

第十一年，按着家乡的旧俗，是该为你捡遗骨了。

"寅时，自东方起手，吉"，看好时辰，我先用鲜花水果祭拜，分别唤醒东方的"皇天"、西面的"后土"，及沉睡着的你，阿爸。墓地的初晨，看惯了生生死死的行伍，也就由着相思林兀自款摇，落相思的雨点；由着风低低的吼，翻阅那地上的冥纸、草履、布幡。雀在云天，巡逻或者监视，这些永恒梦国的侍卫，时时清查着，谁是新居者，谁是寂寞身后的人？马缨丹是广阔的梦土上最热情的安慰，每一朵花都是胭脂带笑的；野蔓藤就是情牵了，挽着"故闺女徐木兰之墓"及"龙溪显祖考妣苏公妈一派之佳城"这二老一少，不辞风雨日暮；紫牵牛似托钵的僧，一路掌着琉璃紫碗化缘，一路诵《大悲咒》，冀望把梦土化成来世的福田。

"武罕显考圭漳简公之墓",你的四周长着带刺的含羞草,一朵朵粉红色花是你十一年来字不成句的遗言,阿爸。三炷清香的虚烟袅袅而上,翳入你灵魂的鼻息之中,多像小时候,我推开房门,摇摇你的脚丫,说:"喂,起来啰,阿爸!"你果真从睡中起身,看我一眼。

"时辰到了。"挖墓的工人说。

按礼俗,掘墓必须由子嗣破土。我接过十字镐,走到东土处,使力一掘,禁锢了十一年的天日又要出现了,父亲,我不免痴想起死回生,希望只是一场长梦而已。

三个工人合力扒开沙石,棺的富贵花色已隐隐若现,我的心阵痛着,不知道十余年的风肆雨虐、蝼蚁啃嚼,你的身躯骨肉可安然化去,不痛不痒?所谓捡骨,其实是重叙生者与死者之间那一桩肝肠寸断的心事,在阳光之下重逢,彼此安慰、低诉、梦回、见最后一面、共享一顿牲礼酒食,如在。我害怕着,怕你无面目地来赴会,你死的时候伤痕累累。

拔起棺钉,上棺盖翻开,我睁开眼,借着清晨的天光,俯身看你:一个西装笔挺、玄帽端正、革履完好、身姿壮硕的三十九岁男子寂静地躺着,如睡。我们又见面了,父亲。

啊!天,他原谅我了,他原谅我了,他知道我那夜对苍天的哭诉,是孺子深深爱恋人父的无心。

父亲,喜悦令我感到心痛,我真想流泪,宽恕多年来对自己的自戕与恣虐,因为你用更温柔敦厚的身势裓抱了我,视我如稚子。如果说,你不愿腐朽是为了等待这一天来与人世真正告别,为至亲解去十一年前那场噩梦所留下的绳索，那么，有谁比我更应该迎上前来，与你心心相印、与你舐犊共宴？父亲，我伏跪着，你躺着，这一生一死的重逢，虽不能执手，却也相看泪眼了，在咸泪流过处，竟有点顽石初悟的地坼天裂之感，我们都应该知足了。此后，你自应看穿人身原是髑髅，剔肉还天剔骨还地，恢复自己成为一介逍遥赤子；我也应该举足，从天伦的窗格破出，落地去为人世的母者，将未燃的柴薪都化成炊烟，去供养如许苍生。啊！我们做了十三年的父女，至今已缘尽情灭，却又在断灭处，拈花一笑，父亲，我深深地赏看你，心却疼惜起来，你躺卧的这模样，如稚子的酣眠，如人夫的腼腆，如人父的庄严。或许女子赏看至亲的男子都含有这三种情愫吧！父亲，滔滔不尽的尘世且不管了，我们的三世已过。

"合上吧！不能捡。"工人们说。

我按着葬礼，牵裳跪着，工人铲起沙石置于我的裙内，当他们合上棺，我用力一拨，沙石坠于棺木上，算是我第二次亲手葬你，父亲。远游去吧！你二十四岁的女儿送行至此。

所有的人都走后，墓地又安静起来，突然，想陪你抽一支烟，就插在燃过的香炷上。烟升如春蚕吐丝，虽散却不断，像极人世的念念相续。墓碑上刻着你的姓名，我用指头慢慢描了一遍，沙屑黏在指肉上，你的五官七窍我都认领清楚，如果还能乘愿再来，当要身体发肤相受。不知该如何称呼你了？父亲，你是我遗世而独立的恋人。

天涯海角

1 春之哀歌

春,已投海自尽,人说她畏罪。

当百年森林一夕之间被山鼠啮尽,成群野鸟在网罟悬翅;溪川服食过量之七彩毒液,大批游鱼在河床曝尸。那千里御风而来的春妇,蓬首垢面于岛屿上空痛哭:"美丽之岛!你遗弃我!美丽之岛!何以故?"

遂降于山巅谷腹。红桧斩首后,血流成河漫过她的足踝;折翅的蝶体在砾谷上堆积成冢,任蝼蚁搬运尸臭。远方小镇升起浓烟,百万只串烤鹌鹑清炖嫩鸽,满足人们对和平的欲望。烟尘弥漫天空,令群花褪色,树蝉自动割喉。时在五月,一名少妇自名为春,枯槁于杂草丛生的死湖,在蚊蚋声中,散发哀歌:

我所思兮!翡翠之岛,位于太平洋最温暖的波涛。我命候鸟分批守护,鱼龙逐浪而舞;我让禾苗在平原舒骨,蝴蝶兰与灵芝草在山崖结巢。这是我钟爱之岛,不准大漠滚沙、冰雪镇压。我派遣太阳,如春蚕吐丝;指定弯月,像新妇描眉。每年,季风穿梭南北,雨水占领四至六月,替我辛勤的子民拭汗,为我心爱的稻禾灌溉。夜以继日,我在缥缈的天庭亲昵地呼唤,美丽的情人啊!我终生的美丽之岛!

我曾以歌声与你盟誓,美丽之岛!每年元宵灯灭、七夕雨前,我将带着众神的祝福,欣然返家。

那时,稻浪翻腾于野,你已为我铺好绿绒被;山坡上,遍植茶树白花,我向山涧借水,亲手为你煮茶。美丽之岛,相逢的故事多似繁星,熠亮之后无不转堕风尘,唯你与我,以眼认眼,以身还身。岛屿之外,若有人寻春不见春,当知道,我已回到美丽之岛身边,犹如雨落入深渊,风与风再续前缘。

站在雄伟的山脊骨,我褪下锦绣衣襦,撕成胭脂分赠群树,让艳丽的花朵如狂奔的探子,告诉你有人千里赋归;我的双羽翼悬挂于古松枝,露水浸润一夜,黎明时,将有百万只白羽鸟自松涛里飞出,盘旋于天空反复啁啾,将我年来的情思,一一衔入你的耳朵。

我换上布衣,打扮得像一名不曾远离的村妇。天光初泄,鸡已三啼,我折枝笄发,掬水果腹,随着一伍庄稼汉子,来到平野。啊!阡陌如织,薄雾之中,又如千条飘带,一起向我招摇。剑叶上一行凝露,争着对我耳语,昨夜有人未曾合眼,频频催促月亮赶路。我一眼望穿,远方稻田浮升白烟,乃是你在假眠。我一跃而入,噤声匍匐,过身之处露湿耕衣,稻叶摇曳如一丛琴弦。有股温热游散于茎叶之间,我已踏着故乡的泥土,年来的渴慕转眼成真,我逐渐探触你的鼻息,接近你的身体——啊！美丽之岛！我唤着你的小名，别躲了吧！我嘻嘻然而来，美丽之岛！来向你求爱！

有风，自天上吹袭而来，一席绿被涌生万千波涛，被面的鸳鸯绣倏地飞走了！只剩叶与叶交颈挚摩，金黄之火燎过原野；谷与谷撞击，我听到结实的米粒如玉石相激。啊！最野的雀都惊走，今春的谷子将熟。你剥开壳儿，喂我第一粒白米，嘻嘻然问我：米熟否？我拈去你眉睫上的草屑，舐尽你颊面的泥洼，我说，唯恒久之等待与不变的恩爱，米得以熟。你既酬酢以骨血，而今而后，我怎会吝于以泪代酒。远处，有农人招呼："谁家的，外地来的村姑，歇个午！"我绾发整衫，水淋淋地上岸。庄稼之妻递来陶钵，为我倾注今年的茶水，我乐于相告，万顷稻谷即将丰收。面对你躺卧之处，我覆眉而饮；再掬一钵，向你扬去，水珠沿空低飞，泼成你我的合欢酒。美丽之岛！就算织女焚杼，牛郎断轭，我与你结发挽袖，不轻言放弃。尔后，我若在异域漂泊，当反复咀嚼那一粒白米；我若在天庭执戟，最能解渴的，还是故乡的清茶一钵。美丽之岛！相逢的故事多似流星，唯你与我，以眼认眼，以身还身。

十五月圆，二十悬钩。我怀着美丽之岛之子，宿于山坳草舍，贞静如一名农妇。白昼，我蹲踞河滩，为菜蔬染色、瓜果调浆；夜来，替蛙鼓试音、树蝉绷弦。港湾传来远洋渔船已经归航，我命燕子为我剪发，纺织娘星夜赶到，搓发为绳；我令所有的星子一齐掌灯，让我亲手执针，补缀渔网。我们是海洋上的珍珠，若不懂得发肤相护，终会陆沉。

清明微雨，四月五，乌沉香插遍山冈古墓。弯形镰刀只斩五节芒、爬墓藤，不斩家的血脉。数百年来沧桑渡海，何曾畏惧狂浪噬舟？纵使船破人浮，犹掌握一线香袋不容尽湿，遂扶老携幼，家祠南来。几番烽火燎烧，焦了田园，毁了屋舍，涂炭的只是一己面目，青碑上冠戴父兄之姓，还了所有清白。皇天在右，后土居左，墓庭上铺设三牲酒礼，供着的是自家园子的上好水果，生死既然同馔，血缘脐带绵延不断。青苔滋生于石缝，烛焰如豆，照映百家姓名。百年沧桑，最难句读的，在这片墓域；或为英年军夫，前来叩拜的，是他的鬓白儿子；或是不归渔人，新寡少妇跪于空冢，频频招魂；或是一生流徙，撇了妻小在海岛埋骨的老兵，仍有念旧袍泽，来给兄弟斟酒……酒过三巡，焚祭后，银箔如黑纸鹞飞入历史的墨池，流浪民族，一命只抵一字。此后何以传家？家族之姓，一册千万字写成的历史。

四月杏花怒放，五月桃子胭脂，六月石榴产子。我择了吉日，领岛民之子嬉游于林树之间溪涧旁。我熟记他们的乳名，合十掷筊，卜算前路，他们是渔夫之子、农妇之孙，虽是草民实乃天下之贵胄，既享祖泽庇荫，又能鸿运当途。当他们摊开细软的手掌，掌纹纵贯横走，合符后竟是未来的地图。我要捕捉那流动的眸光，让光芒群聚成一片大海洋，盛载着夏天的芭蕉扇，也漂洗了秋天的红海棠。我引领他们到活泼的山涧，为他们濯衣沐浴。赤红的童体一一跃入潭中，仿佛一树苹果击出水波，潭水都甜了。我折桃枝为帚，轻轻地为他们洒背袚除；还要依序合掌，接取岩隙滴泉，喝下后祈求长生康健。他们的粗坯衣衫，穿晾在蔓藤上，好似一道道玉帝朱批过的护符，永远要贴在岛屿门楣。我哄他们入睡，起身寻找果园及菜圃，摘来多汁的红莲雾、黄玉西瓜，还有松土覆着的甜肉番薯。我砌土为灶，卷草诱火，薯肉焖出一道饿人的薄烟，而小玉西瓜正浸于山涧底，要冰镇孩童们软红的小舌。一伞树叶筛动阳光，光影幻作一尾尾游鱼，穿梭于孩子脸上的绒毛。我倾听那波浪似的鼾息，知道他们梦着高岗，梦着蓝色的天空，梦到在草原上追逐小牛犊，梦着竹篱笆外红色的鸡冠花，梦到母亲的炊烟、走失的陀螺，还梦到稻草垛上一只雄鸡喔喔地啼，田里的谷子长了翅膀，一齐飞到大稻埕上……我不禁疼惜，叉指梳顺他们的额发，吹干发茎上的梦汗。这安静而甜美的午后，林树青草皆为孩童梦席的岛上，我多么愿意永远居住，做一名编织童话的女仆。

我趁着良辰未尽，潜入孩子的梦里附耳叮咛，不管走得多远，飞得多高，日暮黄昏之前，让我们相互叫着同伴的名字回到诞生的岛屿，围坐在林荫之下，分食熟烫的甜薯。我愿意以我的命运与孩子的梦境结盟：明年，当莲雾在枝头摇铃，你们要记得回来，我会烤熟红薯，微笑等待。

而我将产子，梅雨后七夕之前，美丽之岛，我要献出你的骨肉。潜藏海底，我隐居在红珊瑚隙，以海草结庐，采紫苔铺榻；巨鲸与豚鱼已分头清理海路，以迎接婴之破腹而生。我安静地躺卧，不食不饮，不喜不惧。咸波中，我红润的女体逐渐溶解，化成鱼群身上斑斓的纹彩。繁华洗尽，我素朴如一颗海底的人泪。婴在腹中顿足，婴出之日即是春尽夏至，季节与季节递交令牌，让夏以少年英姿守护母亲所爱、父亲所在的岛屿，带来雷雨与艳阳，使生命得以沸腾。我渐渐离魂，心中淤积着不舍的恩爱，美丽之岛！我把强壮的夏天托付你，你要襁抱这口希望，并且答应为我等待，明年元宵灯灭，我会带着众神的祝福再次起航，那时，稻浪翻腾于野，我要回到我思念的岛上……雷，在高空崩动，闪电鞭裂海面，长鲸已清理海路，殷红之婴将破海腾空而来，振翅，俯吻，他钟爱的父母城邦。

而我闭目，渐渐离魂，遥想稻浪翻腾于野，山坡上，茶树静静地开着小白花。遥想美丽之岛，明年，你会前往高山湖泊，星夜里，为我铺设鸳鸯被……

歌哭洒入泥土，犹不能弥补龟裂；高山湖泊如一面尘封之破镜，水禽交颈而亡，在蛆吮后朽成白骨。散发之妇拾簪刺目，羞于指认这疮痍之地、破碎之岛。哀恸中，七窍汩汩涎血，目瞽声哑，指裂而足刖，匍匐于干死之湖，撕裳断袖，焚于荒野，恩义既然转堕风尘，终此一生无须眷恋、无须守节。遂编发悬石，森冷之夜，投海自沉。

春已绝。

人们蟹居于水泥城市，自锁于钢棂铁门之内，吃酒嚼肉，叩盘欢歌，呵欠之后，刷牙洗脸，上床作乐。独有一名人世之母乃拾荒妇，神情憔悴，衣褐百结，黑夜中自东南海面起程，行脚南北。空乏竹篓，沿着歌声问路，说要寻找一名世间人子，为某投海妇人题字竖碑，时在五月。

2 兰屿古谣

夕阳掉入太平洋，太平洋浮出一颗红人头，头上热带雨林固守这古老火山岛。珊瑚礁星罗棋布，好比女巫的黑脚趾，站在银白浪里，日夜向洄游的鱼群招手："啊！我们的祖先善于造雕纹舟，造舟为了在海上行走，在海上行走为了捕鱼，哟哟！鬼头刀、浪人鲹，还有漂亮的白飞鱼。"

晚风习习，族人以歌待客。

祖母绿的芭蕉叶，我们叫它美丽之岛。芭蕉叶甩了一颗大露珠，噫！就是 Botol Tobago，这是土话。我们是快乐的捕鱼人，会说，听不懂闽南语，学了一点点普通话，认得新台币。外国人最爱坐飞机，坐飞机来问我们 How much？你要去杀蛇山抓红角鸮，还是要买晒鱼架上的熏飞鱼？你的竹篓这么大，要装水芋头还是大法螺？啊！希·亚罗索维有两粒小石头，比我更聪明的小石头。我现在要到凉台上唱很多条歌，等我心情好一些，再告诉你希·亚罗索维的小石头。啊！我的神哟！请让我唱得很流利，不要唱错。

黄毛猪散步于海滨公路，寻觅猪母藤及波罗蜜，踩扁五四三二一个可口可乐空罐，傍晚就自动回到住宅旁边的窝。原始部落没有厕所，灌木丛里任君选择。晒鱼架上齐整地挂晒男人鱼与女人鱼，男人女人都爱唱歌，小心地收藏 tobaco。卵石铺设的空庭上，种着白艾草，艳红的日头花一朵朵。庭上竖立大石板，有的立有的卧，据说是望夫石，坐在石上唱唱歌，等候雕纹舟自海面平安归来；或云石板数目表示家人有几个，倒塌的石板表示有人永远不再回来。每一造木屋三大落，茅草凉台面对着大海洋，等候文明的浪潮冲来一拨拨游客。

工作房里可以舂小米，强壮的少年吃了会长肉，跨过海洋去台湾找工作。四五年才找齐一百五十块好木头，盖了主屋要一代一代地打扫干净。每座木屋都有很长的故事以及族人相互祈福的歌，并且骄傲地用古谣庆贺新屋落成。曾经，长子以雄浑的声音起头："我把印度鞭藤做的圆环挂在父亲肩上,我继承祖先留传的宅地、金片和财产,希望我的子孙继续住下去,新宅内增加许多财富。"年迈的父亲以光荣的高音唱和:"啊!我的斧头最锐利,我天天到山上伐木盖房子,我开垦水田不敢懒惰,还养很多猪、很多羊,我分配给大家。"戴着贝壳链的母亲迫不及待地唱:"我早上很早起床,直到天黑都勤劳工作,照顾我们的水芋田。我的男人手拿咬人狗把害虫赶走,我会背起水藤篓把水芋一粒粒地采收,收成的水芋分配给大家。大家都赞美我,我并不值得赞美,实在很不好意思啦!"于是执礼的老者伸展双臂唱出赶恶灵歌,却在最后,模仿恶灵的口气唱着:"虽然你造了这个房子,可以住到很老,但终有一天你会离开这个房子!"

  古谣赶不走恶灵,终有一天族人都会离开部落搬入水泥建筑,并且打造最安全的防盗锁。台湾来的同胞要选购民俗文物必须趁早,烟熏的陈年水椰壶悬在工作屋,五十元新台币,老妇人双手奉给你,带回台北标价一千五。既然闽南民家的猪槽可以养莲花,庙宇的雕菱窗挂在大厦里当版画,丁字裤也够宽,铺在茶几上喝老人茶。文明成功地估价了原始,而原始不断地贩卖自己,所以公路边告示牌只会对游客恫吓,请勿购买八角礼帽或驱赶恶灵的雕纹刀、水藤兜与藤甲、陶壶与八字冶金饰。但远洋商船来过,国宝级蝴蝶兰与金凤蝶大量减少。妇女颈项所戴的,一根线头穿着塑料纽扣,多彩的贝螺项饰圈在手上兜售。啊!芋头之后,熏鱼之后,椰子之后,tobaco!tobaco!

  "歌谣会不会再度缭绕住宅?黄昏时坐在凉台上看海,八点整会不会被连续剧取代?当大同瓷器比雕纹木盘晶亮,外销成衣比烟尘染布耐穿，有谁愿意告诉我希·亚罗索维的小石头？"拾荒妇问。

礁岩错落成一泓清潭，海蛇与鳗鱼在潭底栖息，阳光游走于潭面，像一名执镜顽童探测鱼群发光的秘密。三两个大眼睛的小孩快乐地裸泳，争着在石头上写下姓名，水渍转眼被阳光没收，留下一则古老的雅美神话，说有一个叫希·亚罗索维的年轻人上山砍柴，拾获两粒会打架的小石头。黄昏时，族人捕鱼归来，围坐在希·亚罗索维的凉台上分食椰肉，观赏石头摔跤。奇石的消息不知怎的流传到海外，一艘外岛船带来金片、玛瑙买走小石头，就这样，希·亚罗索维每到黄昏就对着海洋痛哭，因为兰屿再也找不到会打架的小石头。黑皮肤的海洋儿童快乐地诉说祖先的故事，潜入潭底拾来一枚大贝壳，友善地放入拾荒老妪的竹篓，又怯怯地伸出一根指头，十块钱或是一包 tobaco？啊！飞鱼会不会再次向族人托梦，说恶灵已经悄悄回来？

3 港都夜曲

切仔面，一碟海带一盘猪头肉，头家娘，红露酒掺保力达 P，不醉不是我的兄弟。"啊！今夜又是风雨微微，异乡的都市；路灯青青照着水滴，引我的悲意。青春男儿，不知自己，欲往哪里去？"

靛青色的夜掩不住港口渔灯，灯火闪烁在浪子的瞳仁，要回到家乡女人挂起梳妆镜的窗台，抑是漂泊于异乡海域，在扣押的狱中吟唱浪子的无奈？攀居世界前几名货柜营运量，这城市逐渐练就傲人的钢铁性格，人们宣称此处乃海岛的一双铁腕，忠实地把货色运给经济强国，又定时提供第一手舶来货。这里的男人孔武有力，善于炼油、拆船，任凭太阳在肌肉上抹辣，尽责地养家糊口。旗津外海每天都咽下一枚猩红日头，却也改善不了入夜之后咸腥的浮风。歇航的水手不屑鱿鱼羹，偏爱泡沫生啤酒，向往灯火阑珊的街头，七级风侵袭海绵床垫掀起巨浪曲线，并且在封盘以前，以起锚之日签注"大家乐"，除了赌注有什么能控诉生命的轮盘？明天，女人挂起梳妆镜，为谁拭洗身上的鱼腥？

所以，清道夫分别出门了，港都无雨，电线杆上张贴绑架儿童照片撕票后必须刮洗糨糊渍，保留百万悬赏枪击要犯或重金寻找心爱的博美犬，某妇人哀哀欲绝。这个因长期失眠布满血丝的高烧都城，从不缺乏扩音喇叭一大早沿街呼喊台湾人觉醒，宣称政治乃刻不容缓的拆船重工业。所以，污臭的爱河已经整治，游艇上演奏了一场小提琴之夜。然而政治堪舆师是否能侦测这新兴之城总共埋伏几枚地雷？在深奥的明牌签诗与核电厂举办的钓鱼比赛之间，谁是最后的赢家？假使万人大壁画终于使钢铁沙漠出现文化绿洲，谁能传递薪火？如果每个人都必须说流利的闽南话，站在桥墩对爱河发表一场血缘演说，鲤鱼与吴郭鱼会不会自动分开，从此泾清渭浊？

艳阳已高挂中天，二港防波堤宛如一把利刃，以两公里的刃身刺向海洋心脏，海浪双向冲堤，仿佛是身亡时刻最汹涌的血液。疲倦的拾荒妇在此独坐，竹篓里塞满集会宣传单，及一沓即将张贴的最新儿童绑架案——此乃稳赚不赔的拆船轻工业。堤岸尽头，一座废弃的守望塔。门扉髹着鲜红漆，在咸腥的海风中浮荡，半空中仿佛有裸妇血崩，而迟迟听不到婴啼。

灰鸥聚集于塔顶，喧嚣地讨论彼此的渔获量，交换政治正确情报及走私行情。黄昏来了，一轮红日以宿醉姿势，降于煤渣漂浮的海面，仿佛随口呕吐槟榔汁；港都的渔火蹿起，夜色深沉，朱门塔终于在终极之堤消失。此刻，清道夫纷纷出门了，街头上，路灯青青照着水滴，青春男儿，不知自己欲往哪里去。

4 台北摇滚

"如此这般地走着，在天空和地面之间，你是一个城市英雄；如此这般地活着，在未来和过去之间，你是一个城市英雄。"无所谓地阅读股票大幅涨停，无所谓地分期贷款一间公寓三十多坪，无所谓地娶妻生子不坚决反对外遇，无所谓地讨论年终奖金或艾滋病，内阁是否改组无所谓，只要示威游行不阻塞忠孝、仁爱、信义、和平，无所谓地准时回家吃晚饭，新闻报道里选举造势像一场免费电影，气象预测明天会下无所谓的暴雨，连续剧有爱有恨非常无所谓，其实明天带不带伞出门再决定，要不要去大陆投资无所谓，每年三月要报综合所得税，如此这般地走着，走累之后死在哪里无所谓。

台北，这个艳光四射的都市，如一名一夜之间致富的贵妇，成为世界各主要城市忠实的消费者。懂得选购巴黎最新流行服饰，关心多变的天气是否影响用来制造皮鞋的意大利牛只，每天下午三点钟细细地啜饮英国皇家红茶，讨论美国干旱何时解除或蕾莎如何驯服了戈尔巴乔夫？台北脸上看不见历史的汗斑，所以尽情选用外来文化化妆，如果多明戈的首席歌剧能够治愈困扰多年的饱嗝，台风击溃基隆河堤洪水淹了办公大楼,表示台北正流行解构;所以,四线林荫大道上长出高丽菜,数百只母鸡啄破进口轿车的轮胎,证明农民也懂得后现代!

"解严"之后,人人皆有发烧的本能,要求权力重新架构并且在利益的鼎镬里分一杯羹,如果台北是一部庞大机器,谁能描述它要生产的是什么东西?当环球性的选美在掌声中圆满闭幕而一场火爆冲突卸下台湾地区立法机构的匾额,谁能分析到底应该欢喜还是忧虑?最高明的丈量师能否计算多少平方公里的土地已成为殖民地?谁来凝结上一代的血泪与这一代的汗水,告诉下一代除了外汇存底还留下更值得骄傲的东西?如果畅销作品等同于麦当劳汉堡能迅速解饿,谁前往焚化炉为夭折的灵魂默哀?要经历多少黎明与黑夜的鞭笞,台北才能悠然醒来,在历史巨册二十世纪那一页,朗诵一首伟大城市才写得出的史诗。

但是灯火与声色交织的夜已经悄悄降临。狂飙少年占领道路以证明存在,而胭脂女孩正沉醉于镭射舞台。穿过喧嚣夜市,拾荒妇终于来到玻璃帷幕大厦的顶楼,却惊见时间已酒醉在避雷针上,以疲软的手势招呼这名无处投宿的流浪妇,并赞赏她竹篓最适合丢掷空啤酒罐。

霓虹仍旧制造机械繁华,芒光在她头上洒成白霜。世纪末的夜逐渐深沉,明日是否有太阳自海平面东升?时间之神摇摇头,说:把存在交给烟头去燃烧,福音书就是酒精成分的液体面包。至于未来,去凯达格兰大道打听吧,我这儿不是选民服务处,无须唠叨。

5 夏之独白

我多情的母亲沉海自尽,寻找人间赤子前来捞尸的拾荒妇迟迟未归。我是被弃的游魂,在父与母决裂之后找不到诞生的洞口。我背诵母亲的恋歌,美丽之岛是我们钟爱的岛。我祈求太平洋的波涛拍击美丽之岛的额,父亲啊!赐我面目赐我英勇的名姓!而春季将尽,我虽缠绕于母亲身侧犹无法阻挡噬肉的咸波,鲸吞之中我眼见春天已腐朽,盟誓过的恩情化为乌有。

我要偕着母亲的灵魂越过海洋而去,母亲啊!切勿频频回头。我已吩咐,闪电不必追赶,天空的雷无须等待,因为,春与夏永远不会回来!

水问

台大的醉月湖记载着一个故事，关于一名困情女子投水的传说。我想，深情即是一桩悲剧，必得以死来句读。而这种死也是最纯洁的。我是名弱者，欣赏了悲剧也扮演过悲剧，却在最后一幕潜逃，人是活着，热情已死。因此我写下《水问》，纪念那名女子并追悼自己。

那年的杜鹃已化成次年的春泥，为何，为何你的湖水碧绿依然如今？

那年的人事已散成凡间的风尘，为何，为何你的春闺依旧年年年轻？

是不是柳烟太浓密，你寻不着春日的门扉？

是不是栏杆太纵横，你潜不出涕泣的沼泽？

是不是湖中无堤无桥，你泅不到芳香的草岸？

传说太多，也太粗糙。说你只不过是曾经花城的孤单女子，因不慎而溺于爱的歧流断脉之中，说你的失足只是一种意外。说有人见你午夜徘徊于水陆的边缘，羞怯地向陌生的行人诉说你碎断的心肠，说你千里迢迢要来赴那人的盟约……而千里迢迢岂是你所能跋涉？日夜的秩序又怎容你轻易嵌入？你已不属于时间空间，你因而被镇于湖心水湄，再不敢向人间，向你钟爱的人间殷殷探询。你于是成了一只冷僵了的蝴蝶标本，在图鉴上注明因求偶不成而自戕，被传阅于唇齿残香的茶余饭后。

要问你：

天空这么温柔地包容着大地，为何你不送走今日且待明日？

大地这么宽厚地载育着万物，为何你不掘穴别居另成家室？

人间婚姻的手续这么简便，为何你独独择水为你最后的归宿？

是不是你信念着，有一种从无缘由而起的宇宙最初要持续到无缘由而去的宇宙最后的一种约誓，让你飘零过千万年的混沌，于此生化身为人，要在人间相寻相觅？你是离群的雁，甘愿缚进人间的尘网，折翅敛羽，要寻百年前流散于洪流乱烟中的另一只孤雁？你走过多少个春去秋来，多少丈人间红尘，你来到那人面前，虽然人间铸他以泥沤，你依旧认出那疲惫的面貌正是你的魂梦所系，那沙哑的嗓音正是你所盼望的清脆。你从他的眼眸看出你最原始的身影，你知道那是你们唯一的辨认。

人间的鹊桥，虽不如天庭的绚丽，而你们愿意一砖一瓦地建筑。

人间的气候，虽不如天庭的清朗，而你们羽翼同生要共飞过地坼天裂的风暴。

人间的箪食瓢饮，虽不如天庭的琼浆玉液，而你们饭蔬饮水甘之如饴。

生命的意义原本就模糊不清，在纷杂的爱之向度中，你们愿意凸显爱情为你们心中的殿堂。以千年的姻缘，作最坚固的奠基，以信任与尊敬，作不朽的钢架，深挚的痴爱，是你们的铜墙铁壁。不渝的贞操，是避风的屋顶是挡雨的门窗。人们只能依你们的声音容貌，批评这样的茅茨土屋。而你们温婉地相待，且让人们去追求他们所谓的富与美，在你们崇高的人格花园里，自然生长着四季繁花、清风朗月。此去，此去经年，千山万水，永不相离，生老病死，永不相弃。

而是不是今日的下弦曾是十五的月圆？

是不是眼前的沧海曾是无际的桑田？

是不是来自于生的终归于死，痴守于爱的终将成恨？

是不是春到芳菲春将淡，情到深处情转薄？

你坚信的约誓，是四月残飘的柳絮。你溯回的记忆，是荆棘丛生的刑地。你眼见手成茧足结痂，而人间的鹊桥已成废墟。你于是放眼苍茫，要天地为你卜一卜"天长地久"；山川静默蜿蜒，说这一卦不在人间只在天上。你披发行吟，踉踉跄跄去熙攘的市井探询，你说："借问，借问怎么回去我的殿堂，我的恋之初……"好心的行人摇摇头，说没有这样的一条路，没听过这个方向……你想起千年前的失散的流离。盼到今生才又聚，为何不能同羽同翼？为何曾经的约誓亡佚成断简残篇的失散的流离？为何地能久天能长，人间的爱情却离了又聚，聚了又散？

当太阳再升起，所有的杜鹃萎身谢礼，化成声声的杜宇，唤你不如，不如归去。你仰首看着今日的天空，似乎和昨日并无差别；你舒开手中的书卷，一样的道理，一样的铅体。而你的殿堂已是前尘，你的爱情已成往事。就把一款款的道理还给线装的书架，把一滴滴的泣血留给春泥,把一身姿态托给验尸的风雨,夜半湖心,秋虫唧唧……当太阳再升起,所有的杜宇声声唤你,所有的人间恩爱,你已双手归还而去。

是不是湖水如翡翠,依然是你不死的柔情,涨潮于干旱的季节?

是不是满湖莲韵,是你含辞吐语,字字的叮咛?

是不是一帙帙的书卷,有你不忍撕毁的、海市蜃楼的模型,要给另一对情偶的注解的提醒?

是不是年年杜鹃的鲜红,是你遗传的爱情的色泽?当那一对对的足印踏过花冢春泥,你是不是愿意他们在举足之间,牢牢记取,聚与散在人间,都要相待以礼。

且守护这无源的川流,爱字不易写,但愿你湖心风纹,勾勒一笔一画。

且让萍水相逢的,在湖畔栏杆拟下他们的约誓。

且让相识相知的,用你的神话湘绣成他们的嫁纱。

让长年分离的,偶然相遇。

让幽怨的,冰释所有的尘土泥沙,让他们知晓,聚是一瓢三千水,散是覆水难收……

而今夜,且让我来冠冕你,花城曾经痴守爱情的女子,魂归来兮。

四月裂帛
——写给幻灭

三月的天书都印错,竟无人知晓。

近郊山头染了雪迹,山腰的杜鹃与瘦樱仍然一派天真地等春。三月本来毋庸置疑,只有我关心瑞雪与花季的争辩,就像关心生活的水潦能否允许生命的焚烧。但,人活得疲了,转烛于锱铢,或酒色,或一条百年老河养不养得起一只螃蟹?于是,我也放胆地让自己疲着,圆滑地在言语厮杀的会议之后,用寒鸦的音色赞美:"这世界多么有希望啊!"然后,走。

直到书店里一本陌生的诗集飘至眼前,出版多年仍然停在初版的冷诗,我们还是诗的后裔吗?于是,我做了生平第一件快事,将尘封在角隅的所有诗集买尽——原谅我鲁莽啊!孤独的诗人们,所有不被珍爱的人生都应该高傲地绝版!

然而,当我把所有集子同时翻到最后一页时,午后的雨丝正巧从帘缝蹑足而来。三月的驼云倾倒的是二月的水谷,正如薄薄的诗舟盛载着积年的乱麻。于是,我轻轻地笑起来,文学,真是永不疲倦的流刑地啊！那些黥面的人，不必起解便自行前来招供、画押，因为，唯有此地允许罪愆者徐徐地申诉而后自行判刑；唯有此地，宁愿放纵不愿错杀。

原谅我把冷寂的清官朝服剪成合身的寻常布衣，把一品丝绣裁成储放四段情事的暗袋，三行连韵与商籁体，到我手上变为缝缝补补的百衲图。安静些，三月的鬼雨，我要翻箱倒箧，再裂一条无汗则拭泪的巾帕。

1
无所事事的日子。偶尔
（记忆中已是久远劫以前的事了）
涉过积雨的牯岭街拐角
猛抬头！有三个整整的秋天那么大的
一片落叶
打在我的肩上，说：
"我是你的。我带我的生生世世来
为你遮雨！"[①]

在你年轻而微弱的生命时辰里，我记载这一卷佶屈聱牙的经文，希望有朝一日，你为我讲解。

如果笔端的回忆能够一丝丝一缕缕再绕个手，我都已经计算好

[①] 引自周梦蝶《积雨的日子》。

了，当我们学着年轻的比丘、比丘尼入舍卫大城乞食，于其城中次第乞已，还至本处时，我要把钵中最大最美的食物供养你，再不准你像以前一样软硬兼施趁人不备地把一片冰心掷入我的壶。

我们真的因为寻常饮水而认识。

那应该是个薄夏的午后，我仍记得短短的袖口沾了些风的纤维。在课与课交接的空口，去文学院天井边的茶水房倒杯麦茶，倚在砖砌的拱门觑风景。一行瘦樱，绿扑扑的，倒使我怀念冬樱冻唇的美，虽然那美带着凄清，而我宁愿选择绝世的凄艳，更甚于平铺直叙的雍容。门墙边，老树浓荫，曳着天风；草色釉青，三三两两的粉蝶梭游。我轻轻叹了气，感觉有一个不知名的世界在我眼前幻生幻化，时而是一段佚诗，时而变成幽幽的浮烟，时而是一声惋惜——来自一个人一生中最精致的神思⋯⋯这些交错纷叠的灵羽最后被凌空而来的一声鸟啼啄破，然后，另一个声音这么问：

"你，你就是简媜吗？"

我紧张起来，你知道的，我常忘记自己的名字，并且抗拒在众人面前承认自己，那一天我一定很无措吧！迟顿了很久才说："是。"又以极笨拙的对话问："那，你是什么人？"

知道你也学中文的，又写诗，好像在遍野的三瓣酢浆中找四瓣的幸运草："唷，还有一棵躲在这儿！"我愉快起来就会吃人："原来是学弟，快叫学姊！"你面有难色，才吐露从理学院辗转到文学殿堂的行程，倒长我两岁有余。我看你温文又亲和，分明是邻家兄弟，存心欺负你到底："我是论辈不论岁的！"你露齿而笑，大大地包容了我这目中无人的草莽性情。那一午后我归来，莫名地，有一种被生命紧紧拥住的半疼半喜，我想，那道拱门一定藏有一座世界的回忆。

毕竟，我只善于口头称霸，随后与你书信往来，才发觉你瘦弱的身躯底下，凝炼了多少雄奇悲壮的天质，而你深深懂得韬光养晦，只肯凿一小小的孔，让琢磨过的生命以童子的姿势嘻嘻然到我眼前来。我们不问身世只论性命，更多时候在校园道上相遇，也只是一语一笑作别，但我坚信："这人是个大寂寞过的人！"

那时候，你的面目早已因潜伏的病灶难靖，稍稍地倾斜着，反正已经割过了而且是个慢性子的瘤，就不必管吧，只在你心力交瘁的时候，才憔悴起来，我叫你当心，你复来的信不痛不痒地说："今早文心课见你挽抱书本飘然而去，霎时间萌生一种远扬的感觉，没来得及跟你说。有回上声韵，下了课，正见你倦极而伏案，其时感觉也是一惊。记得有次夜深，与你不期而遇，你说从总图出来，回宿舍去。夜色下的你步履坚定，却透着层弱倦后的苍白。一直没能多问候你，反而是你看出我的憔悴。"你始终不愿意称我"简媜"，说这二字太坚奇铿锵，带了点刀兵；你宁愿正正经经地写下"敏媜"，说有了这"敏"字，行云流水起来，不遭忌的。我深深动容，你一片片莲灿，都为我惜生，而我能为你做什么？性格里横槊赋诗的草莽气质，总让我对最亲近的人杀伐征讨；难得有一回清清淡淡的小聚，临别时，我不经心蹿出那头兽、那忘情负义恩将仇报的猛禽："保重哟，下一次见面或许九天，或九年。"你清和的面容浮掠一丝秋瑟，宽怀地笑纳这些语锋契机，你报平安的信通常这么作结："写信、说话，欢喜日复一日。看你什么时候有空，小谈。我担心一语成谶。"

尔后，我离了学院，日复日载饥载渴，过的是牛饮而后快的星夜。

偶有不死的诗心，才写些哀哀怨怨的信给亲近的人，你总是快快地回："外出三天，深夜踏雨归来，檐前出现一小叠信。其中有你亲切的字迹，你的信束自然令我喜欢……我的病情，好好坏坏，终须挨上一刀才见分晓。近两个月来的抱病自守，旦夕之间，情知对于生命的千般流转，尽须付与无尽的忍爱。我想，他朝小痊，如你之奔驰，亦须这样。一步一履，无非修行。至此，我依然深心乐观，来日或聚，愿其时你的事业大势底定，我亦澡雪精神。"

我们深心乐观着未来，几次击掌切磋，暗暗以创格自许，不屑袭调。负气使才如我，滔滔洒墨，似欲与千夫万夫一拼。你见我清瘦异常，只吩咐我不可太夜太累，我委屈了，说："就活这么一次，我要飞扬跋扈！"你语重心长地说："早慧，难享天年的，古来如此。"

你珍贵我这顽桀的生命，大大地甚于你自己的。那一回生日，你特地去寻玉送我，一龙一凤绕着净瓶（啊！会是观音的净瓶吗？），你说鬻玉的老者称这块玉的肌理具荷质，返家的途中经过南海路，你去植物园的荷花池，轻轻地轻轻地将这玉沁了又沁……你说："生命恒有繁华落尽的感觉，只不过，不染淤泥！"

病魔却与你弄斧耍戟，你的眼开始不自觉地泪，夜半常因拭泪而难以入眠，你谦称这是宿业使然。在你卜居的深山穷野，你宛若处子与生灭大化促膝而谈，抱病独居的信，不改涓涓细流的字迹："有天半夜不能安睡，出至阳台。山间天象澄明，月光大片大片洒落一地。忽然间，我看见自己月下的影子，细细瘦瘦，怯怯地，触目竟十分眼熟，但那分明不是日光中的'我'。我呆呆地忖忖想想，啊，是了——是童话时代的'我'！我好感动地望着那片身影，然后牵他入梦。偶得一悟，心情愿如庄周，处于病与不病之间。"

你第二度开刀，除去右颜面突变的肉瘤，我将一串琥珀念珠赠你，那是寺里一名师父突然脱下赠我的，我欢喜生命中"突然"的意象。你认真地戴在手腕，虚弱地在病榻上闭目。我又天真起来了，仿佛一名间谍，在你短兵相接的战场之前，先给你解药，你此后可以大胆地无惧地去迎喂毒的流箭。病后，你说："我渐渐愿意把所有的悲沉、蒙昧、大痛、无明都化约到一种素朴的乐观上，我认为它是生命某种终极的境界。你知我知。"

最珍贵而美丽的，是你赴港念比较文学之前的半年。你诗写得少了，专志狼吞文学批评的典籍，你戏谑这是一桩"反美"的工程，但要我千万注意，你并非不爱美。我说："管你家的什么美不美，天天念原文书，把一个人念得豆芽菜似的！"你每星期总要回长庚医院追踪病情，我们相约在中午，趁我歇班的时刻，你教我念书。常常在市嚣流失的小咖啡店里，你取出一沓白纸、一支钢笔，在喝了一口微冷的红茶之后，开始以沙哑沉浊的声音，为我唤来"福柯"（Michel Foucault），我静静地抱膝听着，进入神思所能触摸的最壮阔与最阴柔的空间，你的话幽浮起来："……如今，书写已和献祭发生关联，甚至和生命的献祭发生关联……"我幡然有悟："等等，我下一本书的架构出来了，你要不要听！"知识的考掘通常转化为创作的考掘，我是锈刀，拿你当磨刀石。你不也说了吗，我的生命太千军万马，终究不会听你这座"紫微"。实而言之，你是一则遥远的和平，为了理解你，我必须不断地战争。

有一回，茶冷言尽，你取出一张泛黄的黑白照片让我瞧：一名十岁男童倚在漫画书店的租台边，白白净净的，怯生生的，眼睛里有一股神秘的招引与微燃的悲喜，静静地与世界相看。我惊叹起来："多美啊！是你吗？"你欢喜地说："是！"

那一回，你送我回报社上班，沿着木棉击掌、槭实落墨的砖道，你微微地喟叹："天！给我时间！"

香港一年，你终因病发大量呕血而辍学，从桃园机场直奔林口长庚，医师已开了病危通知书。你却幽幽转醒，看着床边来来往往的友好、同窗；或者，你还在等，养育的父母早已双亡，而亲生的父母——一年前你才知道自己的身世，茫茫人海的一隅，藏着你未曾谋面的亲生父母。我知道你等着见他们一面，期待从他们不知所措、尴尬困窘的眼神里萃取一点人世的安慰，那么至少在你二十八岁合眼之时，你不是个孤儿。

你那时已不能进食，肉瘤塞住口舌，话也不能说了。你见我来，兀自挣身下床，从杂乱的行李中掏出一块精致的香皂，多少年前，我说过一日三浴更甚于心头欢喜，你在纸上写着："多洗澡！"那一霎——那百千万亿年只可能有一回的一霎，我想狠狠地置你于死。

在你生命最后，我几度到了医院却无法上楼看你，想回向给你七七四十九遍的经诵终于不能尽读，我压抑每一丝丝一缕缕一角角关于你的挂念。只有两回梦见，一次你以赤子的形象从半空掠过，我仰首不复寻踪；一次你款款而来，白白净净的面目，我大喜，问："你好了？"你笑而不答，许久许久才说："还没开始生病啦！"梦醒后，深深地痛恨自己，现世里的大欢大美被解构得还不够吗？连在可以做主的梦土，也要懦怯地缴械。我终究是个懦夫，不配英雄谈吐。

那么，敬爱的兄弟，我们一起来回忆那一日午后，所有已生已死的神鬼都应该安静敷座，听我娓娓诉说。

那一日，我借了轮椅，推你到医院大楼外的湖边，秋阳绵绵密密地散装，轮转空空，偶尔绞进砖岸的莽草。我感觉到你的瘦骨宛若长河落日，我的浮思如大漠孤烟。当我们面湖静坐，即将忘却此生安在，突然，遥远的湖岸跃出一行白鹭，抟扶摇直上掠湖而去，不复可寻。湖水仍在，如沉船后，静静的海面，没有什么风，天边有云朵堆聚着。

你在纸上问我："几只？"

我答："十二只。"你平安地颔首。

也许，不再有什么佶屈聱牙的经卷难得了你我。当你恒常以诗的悲哀征服生命的悲哀，我试图以文学的悬崖瓦解宿命的悬崖；当我无法安慰你，或你不再能关怀我，请千万记住，在我们菲薄的流年里，曾有十二只白鹭鸶飞过秋天的湖泊。

2
所以，如同亲人相见在一个夜晚

我们隔墙交谈

直到青苔爬上我们的唇

且淹没了我们的名字[①]

你把七年来我写给你的信还我，再也没有比这更苦涩的事了。

---

① 引自艾米莉·狄金森《我为美殉身》。

你在电话中说有东西要送我，约在医院门口见面，还要好好地晚餐。你的衣角仍飘荡着刺鼻的药味，这应是最无菌的一次约会。可惜，惨淡夜色让你看起来苍白，仿佛生与死的演绎仍鞭笞着你瘦而长的身躯。最高的纪录是，一个星期见十三名儿童死去，你常说你已学会在面对病人死亡之时，让脑子一片空白，继续做一个饱餐、更浴、睡眠的无所谓的人。在早期，你所写的那首《白鹭鸶》诗里，曾雄壮地要求天地给你这一袭白衣；白衣红里，你在数年之后《关渡手稿》这样写：

恐怕

我是你的尸体衣裳

非婚礼华服

并且悄悄地后记着："每次当病人危急时，我们明知无用，仍勉强做些急救的工作。其目的并非要救病人，而是要来安慰家属。"

你早已不写诗了，断笔只是为了编织更多善意的谎言喂哺垂死病人的绝望眼神。也好让自己无时无刻不沉浸于谎言的绚丽之中，悄然忘记四面楚歌的现实。你更瘦些，更高些，给我的信愈来愈短，我何尝看不出在急诊室、癌症病房的行程背后，你颤抖而不肯落墨讨论的，关于生命这一条律则。

终于，我们也来到了这一刻，相见不是为了圆谎是为了还清面目。七年了，我们各自以不同的手法编织自己的谎，的确也毫发未损地避过现实的险滩。唯独此刻，你愿意在我面前诚实，正如我唯一不愿对你假面。那么，我们何其不幸，不能被无所谓的美梦收留，又何等幸运，历劫之后，单刀赴会。

穿过新公园，魅魅魉魉都在黑森林里游荡，一定有人殷勤寻找"仲夏夜之梦"，有人临池模仿无弦钓。我们安静地各走自己的，好像相约要去探两个挚友的病，一个是七年前的你，一个是七年前的我，好像他们正在加护病房苟延残喘，死而不肯瞑目，等亲人去认尸。

"为什么走那么快？"你喊着。

"冷啊！而且快下雨了。"

晚餐。灯光飘浮着，钢琴曲听来像粗心的人踢倒一桶玻璃珠。餐前酒被戴着白手套的侍者端来，耶稣的最后晚餐是从哪儿开始吃起的？

"拿来吧，你要送我的东西。"

你腼腆着，以迟疑的手势将一包厚重的东西交给我。

"可以现在拆吗？"我心里有数，狡诈地问。

"不行，你回去再看，现在不行。"

"是什么？书吗？是《圣经》？……还是……真重哩！"我掂了又掂，七年的重量。

"你……回去看，唯一、唯一的要求。"

于是，我装作什么都不知道，继续与你晚餐，我痛恨自己的灵敏，正如厌烦自己总能在针毡之上微笑应对。而我又不忍心拂袖，多么珍贵这一席晚宴。再给你留最后一次余地，你放心，凄风苦雨让我挡着，你慢慢说。

"后来，我遇到第二个女孩子，她懂得我写的、想的，从来没有人像她那样……"你说。

"我察觉在不知道的地方，有一种东西，好像遥远不可及，又像近在身边；似在身外，又似在身内，一直在吸引我。我无法形容那是什么——或许是使得风景美丽的不可知之力量；或许是从小至今，推动我不断向前追求的不能拒绝之力量；或许是每时每刻我心中最深处的一种呼唤、一种喜悦、一种梦；或许是柯勒律治（Coleridge）在他的《文学传记》所述的'自然之本质'，这本质，事先便肯定了较高意义的自然与人的灵魂之间，存在着一种'关联'……想着，想着，《关渡手稿》就在这种心境写下来……"年轻的习医者在信上写着。

"她懂你像你懂自己一样深刻吗？"我问。

"我试着让她知道，我为什么而活。"你说。

"来此两个多星期，天天看病人，跟在医院无两样。空闲多，看海与观星成了忘我的消遣。我很高兴能走入'时间'里面去体会时间的分秒之悸动。《圣经》说，人生若经过炼金之人的火及漂布之人的碱，必能尝到丰溢的酒杯。于是，我更能体会濒死病人的呻吟，可以真实地走过病眼深处的波浪洪涛。在'你的瀑布发声，深渊就与深渊响应'之际，虽然长夜仍然漫漫，我仍旧守候在病人的身旁，守候着风雨之中的花蕾，守候着天发亮的晨星……这是我衷心想告诉你的……"在东引海边的军营里，有一封信这么写。

"为了她，我拒绝所有的交往，我告诉另一个女孩子，我在等人；她哭了，也嫁人了。"你颓唐起来。

"啊！"我说，"这个女孩子真是铜墙铁壁啊！是你不能接受她是个非基督徒，还是她不能接受你的主？"

"我曾由只要去爱不是去同情的初学者，变成现在差不多以赚钱为主的医匠。我甚至陷在希望借研究与学术发表演讲来满足内心好大喜功之欲望里而不可自拔，我甚至怕自己突然因某种原因而死亡（很多医师因工作太累，开车打瞌睡而撞死）。目前，我正在钻研一种'内生性类似毛地黄之因子'，我渴求能在两年内把它分析出来公之于世，以满足一己暂时的快感……我不知道我是谁？

"我渴望婚姻，但也害怕婚姻带来的角色改变，我是痛苦的空城。直到，我碰到了'她'，我非常喜欢和她做朋友，但我的直觉和教会及所有的人认为我不能和一个非基督徒结婚。我相信我有能力做她的好朋友，但我不知道能否做她的好丈夫？我不能接受夫妻因信仰所发生的任何冲突，我又很希望她过着幸福快乐的日子，我当然希望结婚的对象也是基督徒……我可能选择独身，我是矛盾的人。"他写给她的第四十二封信写着。

"的确，"我啜饮着烫舌的咖啡："天上的父必然要选择他地上的媳，如同平凡的妇人也想选择她天上的父。"

"我不懂她心中真正的想法，她真是铜墙铁壁！"你说。

"她或许了解你的坚持，你却不一定进得去她固执的内野。你们都航行于真理的海，沿着不同的鲸路。你只希望她到你的船上，你知道她的舟是怎么空手造成的？她爱她的扁舟甚于爱你，犹如你爱你的船甚于爱她。如果你为她而舍船，在她的眼中你不再尊贵，如果她为你而弃舟,她将以一生的悔恨磨折自己。的确,隐隐有一种存在远远超过爱情所能掩盖的现实,如果不是基于对永恒生命衷心寻觅而结缡的爱,它不比一介微尘骄傲。你们曾经欢心惊叹,发现彼此航行于同一片海洋;现在,却相互争辩,只为了不在同一条船上。假设,她愿意将你的缆绳结在她的舟身,不要求你弃船,那么你能否接受她的绳,不要求她舍舟?如果比身并航也不为你的宗教所允许,你只有失去她,永远地失去她。"

"我是一个失败的证道者!"你喟然着。

"不!"我说,"如果你不曾真诚地摊开你的内心,她早就成为你痛苦的妻。当你朗诵诗篇二十三给她:'耶和华是我的牧者,我必不至缺乏。他使我躺卧在青草地上,领我在可安歇的水边。他使我的灵魂苏醒,为自己的名引导我走义路。'你要相信,她因着这份感动才答应自己去寻找另一处无人到过的迦南美地。如果她在你心中仍然美丽,就是因为这一身永不妥协的探索与敢于迎战的清白足以美丽。她一生不曾侍奉任何的主,而她赞美你,等同赞美了上帝。你信仰了主,你当终生仰望,你既然住着耶和华的殿,享有他赐予的粮,你何苦再寻一座婚姻的空壳?我只听说有人千方百计将他的茅屋改成宫殿,未曾闻过在宫殿里另筑茅舍。你成全了她走自己的义路,这是你给她最大的福音。她住在她那寒碜的磨坊,无一日不在负轭、磨粮,你要体会,不是为了她自己,为了不可指认、不能执着的万有——让虚空遍满琉璃珍珠,让十五之后日日是好日,让一介生命甘心以粉身碎骨的万有;如同你活着为了光耀上帝。你要眼睁睁看她怎么粉碎,正如她眼睁睁看你七年。"

她写给他的最后一封信这样落笔：

"在我心目中，你一直是个尊贵的灵魂，为我所景仰。认识你愈久，愈觉得你是我人生行路中一处清喜的水泽。

"为了你，我吃过不少苦，这些都不提。我太清楚存在于我们之间的困难，遂不敢有所等待，几次想相忘于世，总在山穷水尽处又悄然相见，算来即是一种不舍。

"我知道，我是无法成为你的伴侣，与你同行。在我们眼所能见耳所能听的这个世界，上帝不会将我的手置于你的手中。这些，我都已经答应过了。

"这么多年，我很幸运成为你最大的分享者，每一次见面，你从不吝惜把你内心丰溢的生息倾注于我的杯。像约书亚等人从以实各谷砍了葡萄树的一枝，上头有一挂葡萄，又带了些石榴和无花果来……你让我不至变成一个盲从的所知障者，你激励我追求无上自由的意志，如果有一天我终能找到我的迦南之野，我得感谢你给我翅膀。

"请相信，我尊敬你的选择，你也要心领神会，我的固执不是因为对你任何一桩现实的责难，而是对自己个我生命忠贞不二的守信。你甚美丽，你一向甚我美丽。

"你也写过诗的，你一定了解创作的磨坊一路孤绝与贫瘠，没有一日，我卑微的灵不在这里工作、学习。若我有任何贪恋安逸，则将被遗弃。走惯了贫沙，啃过了粗粮，吞咽之时竟也有蜜汁之感，或许，这是我的迦南地。

"不幻想未来了。你若遇着可喜的姊妹，我当祈福祝祷。你真是一个令人赞叹的人，你的杯不应该为我而空。

"就这样告别好了,如你所言,信与不信不能共负一轭。"

3
没有你眼睑光芒的指引,我在夜里
迷了路,而在夜色的环抱中
我再次诞生,主宰自己的黑暗[①]

百般凌虐你,你都不生气,或,只生一小会儿气。好似在你那里存了一笔巨款,我尽情挥霍,总也不光。有时失了分寸,你肃起一张沧桑后的脸,像一个骞途者思索不可测的驿站,我就知道该道歉了,摸摸你深锁的额头说:"谁叫你欠我,不生气,生气还得付我利息。"

常常在早餐约会,或入了夜的市集。热咖啡、双面煎荷包蛋、烘酥了土司,及三份早报。你总替我放糖、一圈白奶,还打了个不切实际的哈欠。我喜欢晨光、翻报、热咖啡的烟更甚于盘中物,你半哄半骗,说瘦了就丑,我说:"喂,就吃!"你果真叉起蛋片进贡而来,我从不吝惜给予最直接的礼赞:"今天表现不错,记小功一支。"

早晨恒常令我欢心,仿佛摄取日出的力量,有了奔驰的野性及征服的欲望。早晨对你这个航行于各国天空的商场人士却是苛责的,你雾着一张脸,听我意兴风发地擘画每一桩工作,帮你整理当日的行程及争辩的重点;战役的成果未必留给我们,但我们联手打过漂亮的仗。

---

① 引自聂鲁达《爱的十四行诗—57》。

入夜的城市更显得蠢蠢欲动,入夜的我通常是一只安静的软体动物,容易认错、善于仆役,不扎别人的自尊。你活跃于墨色的时空,以锐利的精神带着我游走于市集,你说人在异地时,最怀想的是夜市小吃;一碗卤肉饭、石斑鱼汤、水煮虾是令人难忘的饮食起居。我擅于剥虾、剔无刺的鱼肉,伺候你。你尽管放心地细数我的不对,定案白日的蛮悍,我一向从善如流,乖乖地向你忏悔。

当市集悄悄撤退,夜也恹了,我打起一枚长长的呵欠,你说:"走吧!回家。"你走你的路,我走我的归途。这城市无疑是我们巨构的室家,要各自走过冗长的通道,你回你的空荡卧室,我有我的蜗居睡榻。

那么,的确必须用更宽容的律法才能丈量你我的轨道。你不曾因为我而放弃熟悉的生命潮汐——不管是过往的情涛、现实的波澜,或即将逼近的浪潮;我也不必为你而修改既定的秩序——我有我不能割舍的人际、工作的程序及关于未来的编排。当我们相约,其实是趁机将自己从曲曲折折的轨道中释放出来,以大而无当的姿势携手、寻路。你年逾中岁的音色里仍留有不肯成熟的童话,我绽放的华容仍忘怀不去初为儿女的恣意;你时而化童时而老迈,我时而为人时而原兽,我们生动地演出内心被禁锢的角色,以城市为舞台,行人当盲目的观众。那些令人疲惫的典章制度不容推翻总可以暂忘,你虽然抱怨半生颠踬无以转圜,我却不曾怂恿你或然言弃——那些包袱早已变成心头肉,在我们分手后仍然继续由你背负的。如是,我期望每一次相聚,透过理智的剖析与情感之疏浚,更帮助你昂然驼行。我深知,情会淡爱会薄,但作为一个坦荡的人,通过情枷爱锁的鞭笞之后,所成全的道义,将是生命里最昂贵的碧血。因而,你可以原始地袒露,常常促膝一夜,谈你孑然成长的大江南北,谈梦幻与现实互灭,谈你云烟过眼的诸多女人……常常,我看到那一颗多年未落的噙泪。

同等地,我得以在你身上复习久违的伦常,属于父执与兄长的渴望。过于阴柔的家境,促使我必须不断训练自己雄壮,模仿男系社会的权威;而我生命的基调,却是要命的抒情传统,三秋桂子、十里芰荷的那种,遂拿你砌湖,我得以歌尽舞影,临水照镜。实则如此,每一桩生命的垦拓,需要吮取各式情爱的果实,凡是亏空的滋味,人恒以内在的潜力去做异次元的再造。你在不知不觉中已被我修改,按着我心中的形象发音;正如我愿意为你而俯身,将自己捏成宽口的罍,以盛住你酒后崩塌的块垒——任何一桩情缘,如果不能激励出另一种角色与规则,以弥补梦土与现实之间的断崖,终究不易被我珍爱。

于是,我们很理智地辩论着婚姻。

你说,不曾歇息的情涛,总难免落得一身萧索,过往的女人不是不爱,却发现愈爱得深愈陷泥淖;我说,这是剥夺,爱情之中藏有看不见的手。你说,如果我们结婚如何?我问,你视我为何?难道纷落的情锁不曾令你却步?你说,我在你心中不等同于女人,属于一种透明的中性——像白昼与黑夜,时而如男人清楚,时而如女性张皇,你能充分享受诉说,从最崔嵬的男峰吐露至最婉柔的女泽(你有时细心得像一名婢女),我欢愉你所陈述的,那表示,一个人对他(她)内在生命做多元创造的无限可能。而我开始叙述,关于多年来我们另辟蹊径,如今俨然自成轨道的情爱(请注意,放弃世俗轨道的通常要花更多心血为自己领航，且不再有回头的可能）。我们成就一种无以名之的关联，住在无法建筑的居室，我不要求你成为我的眷属如同我厌烦成为你的局部，你不必放弃什么即能获得我的情谊，我亦有难言的顽固却能被你呵护，我们积极相聚也毫不挣扎地品尝舍离，遂把所能拥有的辰光化成分分秒秒的惊叹。如果爱情是最美的学习，我愿意作证，那是因为我们学到了布施胜于占取、自由胜于收藏、超越胜于厮守、生命道义胜于世俗的华居。想必你了解，婚姻只是情爱之海的一叶方舟，如果我们愿意乘桴浮于海，何必贪恋短暂的晴朗——要纵浪就纵浪到底吧！我已拍案下注，你敢不敢坐庄？

我们还要一座壳吗？让壳内众所皆知的游戏规则逐渐吞噬我们的章法。以我不靖的个性，难以避免对你层层剥夺；以你根深蒂固的男系角色，终究会逐步对我干涉。原宥我深沉的悲观，婚姻也有雄壮的大义，但不适合你我——我们喜于实验，易于推翻，遂有不断地、不断地裂帛。

我情愿把这城市当成无人的旷野，那一夜，我爬上大厦广场的花台，你一把攫住，将我驮在肩上，哼着歌儿，凛凛然走过街道；被击溃之后如果有内伤，那内伤也带着目中无人的酣畅。

在捡来的短暂时空里，我们散坐于城市中最凌乱的角落，脱鞋盘坐，抽莫名其妙的烟，喝冷言热语的啤酒。我将烟灰弹入你的鞋里，问：

"欸，说说看，嫁给你有什么好处？"

你提鞋，将灰烬敲出，说："一日三顿饭，两件花衣裳，一把零用钱。"

我又把烟灰弹进去:"废话,谁稀罕这些?"

你捏着我的颈子:"——再弹一次看看!"

我喝口酒,又把烟灰弹进去。

4
我要走一条偏僻的长路

遗忘你

最好的诗,用来饲养鱲鱼

正如沧海

向桑田奔去①

你怎么来了?

明明将你锁在梦土上,经书日月、粉黛春秋,还允许你闲来写诗,你却飞越关岭,趁着行岁未晚,到我面前说:"半生漂泊,每一次都雨打归舟。"

我只能说:"也好,坐坐!"

关于你生命中的山盟与水逝,我都听说。在茶余饭后,你的身世竟令我思谋,什么样的人,才能与秋水换色,什么样的情,才能百炼钢化成绕指柔。我似乎看到年幼时的你,已然为自己想象海市蜃楼,你愿意成为执戟侍卫,为亘古仅存的一枚日,奉献你绚霞一般的初心。

---

① 引自作者之诗。

那么，请不要再怪罪生命之中总有不断的流星，就算大化借你朱砂御笔，你终究不会辜负悲沉的宿命，击剑的人宁愿刎颈，不屑偷生。这次见你，虽然你的眉目仍未能廓然朗清，倒也在一苇杭之之后，款款立命。你要日复日吐哺，不吐哺焉能归心。

把我当成你回不去的原乡，把我的挂念悬成九月九的茱萸，还有今年春末的大风大雨，这些都是你的。或许有一日，我会打理包袱前去寻你，但你要答应，先将梦泽填平，再伐桂为柱，滚石奠基，并且不许回头望我，这样，我才能听到来世的第一声鸡啼。

你走的时候，留下一把锁匙，说万一你月迷津渡，我可以去开你书中的小屋。我把指环赠你，尽管流离散落，恒有一轮守护你的红日，等候于深夜的山头。

你说："还要去庙里烧香，像凡夫凡妇。"

那日，我独自去碧山岩，为你拈香，却什么话都没说。

这就是了，季节的流转永不会终止，三世一心的兴观群怨正在排练，我却有点冷。也许应该去寻松针，有朝一日，或许要为自己剪裁征服。

四月的天空如果不肯裂帛，五月的袷衣如何起头？

贰 · 闲语二三

牵着时间去散步
说不定就捡到
遗失很久的那个梦

牵着时间去散步

天空干净，看来不会下雨。

六月，像个离家多年的养蝉人，在一个落雨的夜晚背着几篓蝉回来了。把蝉篓挂在竹子、榕树、相思树、玉兰树及七里香矮篱上，他拨开丛草，穿过结实累累的野梅树——雨把它们洗熟了，空气里有一股酸甜的香气，仿佛就是返乡浪子的体味。他一脚跨过自家门槛，身上的雨服一脱，太阳就出来了，成熟的梅子纷纷坠地，惊动了蝉。

我这样想象，觉得应该去散步。

1. 空地

才六点多钟，转角那块空地上，已站了五六个人在甩手运动，都是老先生、老太太们。

每一个文明社会建造过程都会留下一部"土地沧桑史"，一棵百年老树换成一根电线杆，湖泊变成警察局……类似这种例子已经多到无法触动我们的神经，引不起思索的兴趣。物质文明，有时是用肮脏的手抢来的。在土地的变造工程里，我总会注意那些五官不齐的弃儿，也就是无用的畸零地。它们像大厨刀下的肉块、菜段，没坏，可是上不了砧板，最后被扫入馊桶。一块块畸零地，也像一条条原本狗嘴叼着却在打架时被甩得不知去向的鲜肉，就这么无缘无故地躺在新兴小区的巷弄之间、街头道路接泊之处。它们大到可以容纳一组废弃仿皮沙发、几张双人床垫，小到只够冒一簇非洲凤仙花、几根蟛蜞菊及一小条断成三截的狗屎。如果，空地是身体，畸零地就像是被乱丢的器官。

那块空地位于道与巷的交会处，原来打算规划成小公园，不知怎的变成铺水泥的三角地，花花草草都免了。水泥也铺得高低不一，埋伏了几个洼，雨后，偶见附近小孩在那儿用力踏水，乐得吱吱乱叫。空地坎坷的身世总算熬出头，变成收藏孩子童年的有价值的土地，或许，比当商业区大厦的厕所好些吧！

没多久，一块神秘的厚纸板出现了，写着"免费教授香功"，时间是"早上六点"，没头没脑就这么搁在空地旁。奇的是，大家既不追问谁来教也不把纸板当垃圾清掉，等同默认这块空地有了第二春。小区管理宽松也有好处，允许大家在空地上自由创造、装扮；卖厨具的宣传单上写"产品说明，今晚八点，巷口空地"，大家都懂。谁家妈妈喊小孩，邻居说"看见在空地骑车"，她也懂。这么说来，当初没弄成小公园倒是对的。男人、女人、小孩、老人、狗儿、猫儿自由地在这块八坪大的空地出没，像一棵棵热带、寒带、胖的、瘦的花树，各自舒展丰采，空地上一直干干净净的，可见有人爱惜。

有一天，空地里面一小块没铺上水泥的小畸零地，有人种了九棵十分上进的葱。

2. 枯叶

信箱里常常出现广告宣传单，不外乎房地产、店面新开张、庆祝周年庆打折优待、新产品问世、寻人寻狗、委员会每月会议记录及停水停电断话通知。

我喜欢看这些花花绿绿的广告，因为里面有一个热烘烘的人生。晚间无事，有时细读一礼拜的广告单，滋滋有味，竟像免费试吃各厂牌饼干般，饱饱的。

那张粉红色的停电通知在近午时分被塞入我的信箱。明信片大小，一贯的公家口吻，言明某年某月某日某时起至某时止因某事必须停电。说完就走人，不会跟你寒暄说"天气好哇、你早啊"之类。不像有些单子，一揭开就是"猛！猛！猛！乎你够猛够勇"，吓得你心头小鹿乱跳。每回看这种公务通知就想笑，好像一个七尺之躯大男人，嘴巴捂着口罩，见人即按下录音机，放完带子也不打招呼转头就走，就这么挨家挨户放下去，身上的白衬衫从早到晚都是干干净净的。

停电是几天后的事，把通知单用磁铁定在冰箱上，记得就记得，不记得也就不记得。

某日黄昏，沿着对面的巷弄散步。平日很少走这条路，因为坡度较陡，再则出入大路在另一头，如果没缘，一年不来走走也是正常的。也不知怎的，那日午寐醒来，第一个念头就是去那儿走走。

那条小弄的住户比较"惜影"，很少在路上晃动，平日大门深锁，

嗅不出人味。路过听到某户传出收音机的声音，也以为主人一早出门忘了关，并非有人在家。不过，各家小院的花草倒是吵吵闹闹的，马缨丹、美人樱、三角梅、玉兰树、玫瑰、非洲凤仙、紫丁香……虽然谈不上规模，倒也秀色可人。种植心理学是很值得注意的，愈是地方小愈想什么都种，每家都摆脱不了这种忧虑，景观也就好不到哪儿去。那些花草树木，仿佛是各门各派的代表，一起挤在悦来客栈大通铺，等候天明上山开武林大会。

然后，我看见一片树叶栖在停电通知上。

大概是空户，门窗关得密密的，院草没膝，石阶铺苔，阶缝蹿出一朵红色凤仙小花。没看见信箱，所以发通知的人想了办法，将粉红通知粘在门柱上。我沿路上坡，打量两岸住家，视线很快被那张粉红单子吸住。但使我停脚的，是单子上的一片枯叶，什么样的风把它吹扬得恰恰好落在那儿？由于有悬疑的趣味，我不禁好奇起来，戴上眼镜，想知道是什么叶子。

啊！不是叶子，是蝶。长得像枯叶，褐干色，静静地栖在纸上，遮住"电通"二字，只剩半"停"半"知"。我不敢走近，怕惊吓一只正在阅读的蝶，站了一会儿，见它没要飞走的意思，不惊扰它，继续散我的步。

回家后，把所有跟蝴蝶有关的书搬出来，在图鉴上看到一只跟它很像叫"枯叶蝶"，擅长拟态，不知是否就是它。夜里躺在床上，想它为何不找花不找树，偏偏停在一张纸上。是厌倦了枯燥的体色，以为栖在那儿就能换一身粉嫩嫩的红？难道是想模拟几个字，飞到某一扇窗玻璃上，去安慰伤心人的眼睛？

次日清早，再去探看，不见蝶影。索性走近细读那张停电通知，不出所料，果然有"敬请原谅"四字。

3. 紫树

时间，像神话里的多头妖，虽然共处一躯，但每个头颅各有面目、神情与个性。一头是邪恶的蛇发女妖，嗜血，酷爱站在悬崖上命令黑暗降临；这头时间管的是现实，处处看得见她的暴力，我对她最憎厌。另一头嗜睡，她的鼾声如长笛独奏，听着会软绵绵地浮在回忆的大海里，忽而轻喜忽而忧伤，孩提、中年、暮年的自己自由变身转化，人生可以倒退着走，也可以跳跃前行，去经验那头蛇发妖管辖不到的故事，成就了秘密。还有一头永远有着初生婴儿无邪晶亮的眼睛，她管辖的是无限能量的想象世界，奔腾、瑰丽、诡奇，你可以在里面自由繁殖故事，启动各式各样的人生，更改性别、容貌，甚至回到侏罗纪筑巢。她不像睡妖，必须根据蛇发妖所提供的人事物去篡改，她自行创造。我喜欢这头小妖，常牵着她散步。

所以，我怎能对时间忠实呢？因为这样的状态常常发生：身在蛇发妖管辖的现实国度，却偷偷与睡妖同床，怀里又搂着那头小妖。有时，我用躯壳去装现实的痛苦，心泊在小妖那水灵灵的眼底。

黄昏刚走，夜薄薄的。到院子里取晚报，抬头看见一弯柳月，像天空的眉毛，扫得细长、优雅，要赴晚宴似的。

这么一想，干脆开了铁门出去走走。晚报随手一折，当扇子摇，仿佛火宅世间只是我手中的一扇。

因而，邂逅一棵丰饶的桑树。

有些世事、人物，就算近在咫尺，缘分未到，也是天涯。住了七八年，竟不知几步之遥有一棵紫桑。那儿原有一排废屋，靠着一面小山，后来被商人收购改建，现今是一片密密麻麻的住宅。从废址变为家居，历时五年多，这期间我从未造访，自然不知现为停车场出口的小山尽处一直住着一棵桑树。

那山被铲平了，这些年，它大约看腻了人的风景。也许是夜晚加上虫唧之故，这桑树看来仿佛栖着一座小山的灵魂。

站在树下，一股甜香如山野间的潺潺流水，忽浓忽淡地与我的嗅觉对流。借着灯光，抬头看，隐约看到枝丫上结着繁密之物，牵来一枝，细观，果然是桑葚。像婴儿的指甲大小，许是土壤贫瘠之故。但色泽黑紫，果肉柔软多汁，轻轻一摘，桑果迸破，汁液染紫手指。作为一棵桑树，日子再清贫，也要把桑树的尊严守住。

摘下一果，含在口中，想起浩浩荡荡的江湖里，种种身不由己之事、怀才不遇之士，不禁黯然。遂以晚报折成一钵，细细摘下桑葚，夜蚊嘤嘤，似恶魔的爪牙，我两脚交互抖跳，仍沉醉于撷取这棵末世桑树如史诗般的果实。

夜正沉，纸钵沉甸欲破，我才歇手。回家后，挑拣洗净，用白瓷大碗盛着，桑葚黑紫油亮，淌着淡紫色的汁液，配上白瓷，甚美。那美，是受尽委屈之后遇到知音之喜。

次日，独享一大碗桑葚，如朗诵一首最好的长诗。

谁也无法更改蛇发女妖的航道，但是可以不惊动她，悄悄地逸走，去找睡妖下一盘棋或向小妖讨一截故事吃吃。就像童年时，我坐在门槛上，捧着小铝盆装的、刚摘来的大桑葚吃得如痴如醉，吃完，心神飘然，向着想象中的某棵桑树说"有一天，我会碰到你"果然在中岁的某夜实现一样。牵着时间去散步，说不定就捡到遗失很久的那个梦。

女儿状

我总是看见你的脸，仿佛时间知趣地自你两翼滑过，丝毫不敢腐蚀这张宛如天使的脸庞。

当我驻扎在自己的生活里，像一个驯服的市民沿着满街霓虹无目的行走，总会在某个刹那忽然疑惑或是清醒：我在哪里？那瞬间是寂寞的，暴雪压枝时节，一只小粉蛾的寂寞，通常在用力吞咽唾液逼出一层薄泪后，继续在街衢行进。而我知道每经历一次瞬间，总有几丝几缕的"我"被抽走，你能想象那种情景吗？有人隐匿于半空，熟练地自你的毛衣背后抽线，你完全了解这种游戏，却束手无策。

不同的是，我自愿。渐渐也能享受这种抽离所带来的欢愉。至少，能够再次与你见面，在我秘密允诺过的海边。

你比我长一岁，住在不同乡镇。我仍记得认识你的那天，沿路的稻田绿得像太平盛世。坐在摩托车后座的我有点紧张，盯着远处某间民宅默诵一首诗，直到看不见了，换另一根电线杆背另一首诗。我不知道自己够不够幸运，但是非常希望能"为校争光"——多么令人莞尔的念头，我相信你也是。带我去的老师提到几个强劲对手的名字，使第一次参加朗诵比赛的我倏然沮丧起来，你一定了解那种情绪，渴望超越对手却又洞悉自己的虚弱。

你比我想象中娇小，像从深秋橘园某颗大福橘剥出来的一瓣弯肉，牵着白色筋络且涌出三两滴琥珀色汁液。我无法解释为什么用这种可笑的想象记录你，也许是贫穷时代对食物的欲望比较发达，也许年纪太小无法使用繁复的文字，无论如何，在学会以高贵、典雅、脱俗、朴素等符号系统记录人事之前，你是我乡村时代蔬果时期的珍贵记忆。然而，见到你的那一霎，我强烈地讨厌你，那是成人世界不易理解的孩童式直觉，虽然，主办学校的教务主任正在介绍评审，说明比赛规则，参赛的我们也尚未抽签决定次序与诵诗内容，但我知道你会摘下冠军。

每一首诗渴望被高声朗诵，如同每一桩故事企求被完整保留。多年之后，我渐渐明白自己之所以落败，并不是抽中的那首诗过于平庸，而是事先聆听了你的朗诵，宛如天使清音点醒雪封枝丫里的每一粒花苞，让折翅粉蛾也有想飞的欲望。你的脸细致匀净，那首诗藏在眉目之间，含笑起伏。我被你吸引，歆羡你拥有我从未见识的华彩。以我们当时年纪与成长环境，很难说你已窥得文学堂奥，也许是沛雨平原自有一股风情，在人的身上孵育出浑然天成的气质，那首诗正好如一群白鹭远道飞来，栖息在你的水乡泽国。

是的，你拿走冠军。我与另一个人同列第三。是的，我拥有的奖状已够糊满一墙壁，可是对霸道的孩童而言，她不允许别人拿走最好的那一张。说不定你也有同样的困境，过早在学校生活里集宠爱于一身，不知不觉抽长恶质芽眼，渐渐变成罹患"恋冠军癖"的小孩，拘泥在狭窄圈子欣赏自己的庞大身影。我必须感谢你带来强而有力的一击，放学回家，我绕到河边丛竹背后那间堆放农具的稻草寮，西红柿园与野生的九层塔散发辛辣香气，黄昏缓慢地降临，人有人的归途，草木鸟兽各有其安顿与隶属，我蹲在河岸，从野蕨的缝隙看见自己的倒影，浮动的、模糊的，竟有想流泪的冲动。书包里，那张奖状卷成圆筒形，搁在每个礼拜四营养午餐才会加发的、不知来自何处援助偏远学童的方块奶制食品旁边。我应该感到高兴才对，这一天获得的东西都是珍贵的。然而，我听见你的声音，如一艘神奇的长舟航向无垠海洋，鸟飞鱼跃，绵密的翡翠雨相互敲击而成妙音，我看见你的脸，如此静好。第一次，我摊开奖状，仔细阅读每一个字，了解意义，又不可思议地逸走，觉得它与我无关，只是一张镶闪金花边、盖一枚大红印的纸。我开始厌弃自己的世界，并为种种自负、骄纵的行止感到猥琐。来自对手的启发往往比腻友的忠告更具颠覆。我现在清晰地看见那名绑双辫的女童蹲踞河边，慢慢撕掉一张印着"奖状"二字的雪铜纸，付诸流水的意义。然而，她尚无能力描绘未来，贫瘠年代的女童，只是庞大运作体系里一个个感叹虚字而已，一壁荣誉状也无法预测按在背后那枚命运朱印的内容。多年之后，我才知道你给了我一次机会，种下"追寻"的种子。有一个更美好的世界在远方等你，美好到值得为它流泪。

后来，意外得知你们家与我的同学有姻亲关系，两家偶有往来。当时，邻乡通婚的例子颇多，交织出的乡镇地图上，通常是满盘亲戚。再见面时，你已小学毕业。暑假刚开始，我与同学骑车打算到海边捡贝壳、石头，她说："你讲的那个第一名住在附近呢！"既是亲戚，她提议邀你共游。

你卧病的母亲强烈咳嗽，一屋子熬煎的中药味呛得令人窒息。她显然对我们的造访感到不悦，只说某位隔厝大嫂带你去成衣厂应征，你是长女，女孩子念不念书以后还不是嫁人，做女孩子要认份。

你追寻过吗？我看见好几张奖状用饭粒贴在谷仓与厨房之间的墙壁，上面不知被谁用蓝原子笔恣意圈画，还沾了几粒干硬的米饭。你的名字一遍遍在我耳边响起，从你母亲的咳嗽间隙、从奖状字面、从我想象过的神奇长舟里，一再交杂、跌宕，我竟无法分辨何者为真。稻埕上，两个垂涕男童在鸡冠花丛边扯衣争夺，一枝艳冠折茎倒地。你追寻过吗？天空之外的天空，山峦背后的山峦，有一个更美好的世界等着，一个值得我们为它痛哭、为它匍匐的美好世界，你向往过吗？当命运使者粗暴地将你压在长凳上，掀衣烙下大红印时，你是否想起曾经有一天你以甜润的童女之音赞美过一首诗？

我们弯入海岸石路之前，一个瘦小的身影骑车驶入通往你家竹围的小路，也许是你，也许不是，隔着一段距离无法辨认。我私心认为就是你，格外贪婪地回头盯着逐渐隐没的背影，恋恋不舍。你会遗忘我——说不定从未认得故无所谓遗忘，你不会有机会知道我曾想象一艘神奇长舟来保留你诵诗的神采，并且愿意献情追寻。

我们也到了年华凋零时节，回顾往昔旧事，不免有置身雾境的感触。如果你与我在诵诗比赛那一日互换运程，此刻的你会在哪个都市的哪处角隅遥忆一段不曾交织的友谊？你会不会从炫目的霓虹市街忽然逸走，想起我的声音，遂秘密地在心里推敲一首诗，想要献给童年时渴慕的人？是的，你的心会回到荒凉的海边，开始为我默诵：

马缨丹纠缠黄昏海岸

肖楠木的骨骸　装饰碎石路

有人在芒草丛里种植墓碑

沙丘上　驻防小兵

计算恋人信件

你幻想已经离家出走

养一枝鸡冠花　半袋押过韵的石头

假装自己死了一天

就这样躺卧沙滩，等待长舟

梦着无人能追赶的梦

不再醒来

命运在远方编织铁网

一个驿站衔另一个驿站

旧时海岸路

一朵鸡冠　依然尽责超度

起雾的童年

母者

黄昏，西天一抹残霞，黑暗如蝙蝠出穴啃咬剩余的光，被尖齿断颈的天空喷出黑血颜色，枯干的夏季总有一股腥。

辽阔的相思林像酷风季节涌动的黑云，中间一条石径，四周荒无人烟。此时，晚蝉乍鸣，千只万只，悲凄如寡妇，忽然收束，仿佛世间种种悲剧亦有终场，如我们企盼般。

木鱼与小磬引导一列队伍，近两百人都是互不相识的平民百姓，寻常布衣远从渔村、乡镇或都市不约而同会聚在此。他们是人父、人子更多是灰发人母，随着梵乐引导而虔诚称诵，三步一伏跪，从身语意之所生念四句忏悔文；有的用普通话，有的闽南语，有人痴心地多念一遍。路面碎石如刀锋，几处凹洼仍积着雨水，相思丛林已被黑暗占据，仿佛有千条、万条野鬼在枝丫间摆荡、跳跃，嘲讽多情的晚蝉，讪笑这群匍匐的人们。

往前两里山腰有一简陋小寺，寺后岩缝流泉，据云在此苦修二十余载的老僧于圆寂前，曾加持这口活泉，愿它生生不息浇灌为恶疾所苦的人，愿一瓢冷泉安慰正在浴火的苍生。当她荷月而归，一袭黑长衫隐入相思林小径,是否曾回眸远眺山下的万家灯火?蝉声凄切,她的心与世间合流,她痛他们所痛的。那一夜,是否如此时,风不动,星月不动?

两里似两千般漫长,身旁的她肃穆凝重,黑暗中很难辨识碎石散布的方位,几度让她颠踬不起。她合掌称诵、跪伏,我忽然听到她自作主张在最后一句忏悔文加上女儿的名字,听来像代她忏悔,又像一个平凡母亲因无力医治女儿疾病,自觉失责向苍天告罪!她牵袖抹去涕泪,继续合掌称诵、三步一跪拜,谨慎地压抑泣声,生怕惊扰他人祷告。她生平最怕舟车,途中四小时车程已呕吐两次,此时一张脸青白枯槁,身子仍在微微颤抖。我悄言问她:歇一会儿好吗?她抿紧嘴唇用力摇头,继续合掌称诵观世音,跪拜,噙泪念着"一切我今皆忏悔"。白发覆盖下凹陷的眼睛,如一口活泉。

若不是爱已医治不了所爱的、白发苍苍的老母亲,你何苦下跪!

然而,我只是倾听晚蝉悲歌,心无所求,因一切不可企求。独自从队伍中走出,坐在路边石头上。微风开始摇落相思花,三朵、五朵,沾着朝山徒众的衣背,也落在我头上。从我脚边经过,这列跪伏队伍肃穆且卑微,蝉歌与诵唱交鸣的声音令我冰冷,仿佛置身无涯雪地,观看一滴滴黑血流过。又有几朵相思花落了。

我的眼睛应该追寻天空的星月,还是跪伏的她?那枯瘦的身影有一股慑人的坚毅力量,超出血肉凡躯所能负荷的,令我不敢正视、不能再靠近。她不需我来扶持,她已凝练自己如一把闪耀寒光的剑。那么,飘落的相思花就当作有人从黑空中掉落的,拭剑之泪吧!

我甚至不能想象一个女人从什么时候开始拥有这般力量,仿佛吸纳恒星之阳刚与星月的柔芒，萃取狂风暴雨并且偷窃了闪电惊雷；逐年逐月在体内累积能量，终于萌发一片沃野。那浑圆青翠的山峦蕴藏丰沛的蜜奶，宽厚的河岸平原筑着一座温暖宫殿，等待孕育奇迹。她既然储存了能量，更必须依循能量所来源的那套大秩序，成为其运转的一支。她内在的沃野不隶属于任何人也不被自己拥有，她已是日升月沉的一部分，秋霜冬雪的一部分，也是潮汐的一部分。她可以选择永远封锁沃野让能量逐渐衰竭，终于荒芜；或停栖于欲望的短暂欢愉，拒绝接受欲望背后那套大秩序的指挥——要求她进行诱捕以启动沃野。选择封锁与拒绝，等同于独力抵抗大秩序的支配，她将无法从同性与异性族群取得有效力量以直接支持沉重的抵抗，她是宿命单兵，直到寻获足以转化孕育任务之事，慢慢垂下抵挡的手，安顿了一生。

然而，一旦有了爱，蝴蝶般的爱不断在她心内展翅，就算躲藏于荒草丛仰望星空，亦能感受熠熠繁星朝她拉引，邀她，一起完成瑰丽的星系；就算掩耳于海洋中，亦被大涛赶回沙岸，要她去种植陆地故事，好让海洋永远有喧哗的理由。

蝴蝶的本能是吮吸花蜜，女人的爱亦有一种本能：采集所有美好事物引诱自己进入想象，从自身记忆煮茧抽丝并且偷摘他人经验之片段，想象繁殖成更丰饶的想象，织成一张华丽的密网。与其说情人的语汇支撑她进行想象，不如说是一种呼应——亘古运转不息的大秩序暗示了她，现在，她忆起自己是日月星辰的一部分，山崩地裂的一部分，潮汐的一部分。想象带领她到达幸福巅峰接近了绝美，远超过现实世间所能实践的。她随着不可思议的温柔而回飞，企望成为永恒的一部分;她抚触自己的身体,仿佛看到整个宇宙已缩影在体内,她预先看见完美的秩序运作着内在沃野:河水高涨形成护河捍卫宫殿内的新主,无数异彩蝴蝶飞舞,装饰了绚烂的天空,而甘美的蜜奶已准备自山巅奔流而下……她决定开动沃野,全然不顾另一股令人战栗的声音询问:

"你愿意走上世间充满最多痛苦的那条路?"

"你愿意自断羽翼、套上脚镣,终其一生成为奴隶?"

"你愿意独立承担一切苦厄,做一个没有资格绝望的人?"

"你愿意舍身割肉,喂养一个可能遗弃你的人?"

"我愿意!"

"我愿意!"

"我愿意成为一个母亲!"她承诺。

那么,手中的相思花就当作来自遥远夜空,不知名星子赐下的一句安慰吧!柔软的花粒搓揉后散出淡薄香味,没有悲的气息,也不嗟哦,安慰只是安慰本身,就像人的眼泪最后只是眼泪,不控诉谁或懊悔什么。种种承诺,皆是火燎之路,承诺者并非不知,却视之如归。一个因承诺成为母亲而身陷火海的女人,必定看到芒草丛下、蚊蝇盘绕的那口铜柜,上面有神的符篆:"你做了第一次选择成为母亲,现在,我给你第二次选择也是最后一次;里头有遗忘的果子与一杯血酒,你饮后更能学会背叛,所有在你身上盘丝的苦厄将消灭,你重新恢复完整的自己,如同从未孕育的处女。"

她会打开吗?我仰问众星,她会打开吗?是的,她曾经想要打开。

多年前,当我仍是懵懂的中学生寄宿亲戚家,介绍所老板带一位从南部来的女人，应征女佣。约莫三十岁像一支瘦笋，背着布包及装拉杂什物的白兰洗衣粉塑胶袋。她留给我的第一印象不算好，过于拘谨仿佛惧怕什么以至于表情僵硬。她留下来了，很熟稔地进厨房——出于一种本能，无须指点即能在陌生家庭找到扫把、洗衣粉、菜刀砧板的位置。我不知道她的来历也缺乏兴趣探问，只强迫自己接受一张不会笑的脸将与我同睡一房。然而次日，我开始发现她的注意力放在那部黑色转盘电话上，闷闷地撕着四季豆"啪嗒"一折，丢入菜篓。黄昏快来了，肚子饿的时刻。我告诉她可以用电话，她腼腆地摇头，继续折豆子。然后，隔房的我听到拨动转盘的声音，很多数字，漫长地转动，像绞肉机，但是没听到讲话声；静默的时间不像没人接，她挂断。厨房传来锅铲声。

　　当天深夜，也许凌晨了，我起来如厕，发现隔着屏风的那张床空了。我蹑手蹑脚在黑暗中搜寻，有一种窥伺的紧张感。最后从半掩着门的孩子房瞥见她的背影。三岁与六岁的表弟同睡双人床上，像所有白天顽皮的男童到了夜间乖巧地酣睡；她坐在椅子上低声啜泣，因压抑而双肩抖动，没发觉躲在门后的我。她轻轻抚摸孩子的脚，虚虚实实怕惊醒他；我从未在黑暗中隔着一步之遥窥伺一个陌生女人的内心，也许我的母亲曾用同样手势在夜里抚摸我，只是从不让我知道。当她忘情地搂着表弟的一只脚，埋头亲吻他的脚板，我的心仿佛被匕首刺穿，超越经验与年龄的一滴泪在眼眶打转，忽然明白她真正的身份不是女佣，而是一个母亲，一个抛下孩子离家出走的母亲！沉默的电话只为了听听孩子的声音。

　　"你虽然赐我第二次选择的机会，然而既已选择成为人间母者，在宇宙生息不灭的秩序面前，我身我心皆是圣坛上的牲礼，忠实于第一次的选择，如武士以圣战为荣耀，不管世人将视我如草芥奴隶，嘲讽我是愚痴的女人。啊！神，请收回你的铜柜，看在我孩子的面上！"

第三天，她辞职。

众星沉默。朝拜的人群已消失踪影，远处依然传来梵音，轻轻敲打夜空以及夜空之外，更辽阔的夜空。山，似乎在梵唱中吟哦起来，眼前的碎石路被月光照软了，看来像一匹无限延伸的白绢。我垂目静坐，亦能照见绢上布满使徒的足印，以身以口以意，以一切为人的尊严。若这绢上直竖刀林，那足印便有血迹；若是火炷，便有燎泡。清凉的晚风，我是如此懦弱从人群中脱逃，你可愿意代我吹熄她身上的火燎。

她始终不是逃兵，从守寡的那天起。为自己的选择奋战，像萧萧易水畔的荆轲。啊！路过的风，你吹拂原野，掠过城镇，当明了男人社会里的女人是无声的一群，而寡妇更是次等公民，除了是非多，账单更多。她具备钢铁般的意志又不减温婉善良，你不得不相信，蝴蝶与坦克可以并存于一个女人身上。然而，我们应该怎样理解命运？巨灾淬炼她成为生命战场上的悍将，还是她拥有至刚极柔的禀赋，便注定要不断揽接巨灾。她钟爱的女儿在豆蔻年华染上恶疾，从此变成外表年轻貌美而心智行为如同一头野兽。是的，倾听的风，童话故事中美女的爱使野兽破除诅咒恢复人形，但是，什么样的爱能使美女袚除窝藏在体内，那头指挥她啮咬衣服、尖叫嘶喊、朝每个人脸上吐沫的野兽呢？如果以往那位娟秀温柔的美女仍有一丝清明，她会伏跪祈求世人赐她死,而野兽捂住她的口,野兽说:"我要长命百岁!"吟哦的风,悲剧来自两难;老母亲以己饥度女儿之饥、己渴度女儿之渴,一日三餐,沐浴更衣,把她喂养得强壮有力,于是嘶喊更尖锐,唾沫更丰沛,殴击母亲的臂膀愈来愈像铁棍。你或许会怒号,何不让她断粮衰竭?人可能在生死决胜的战役中,苛虐战俘,视他人生命如草芥蝼蚁,这是战争罪恶之处,它逼迫人成为邪魔的俘虏。然而,人衷心向往恒常的共体和谐,不忍在盛宴桌上听到丐者喊饿,不忍轻裘华服自冻尸身旁走过。世间之所以有味,在于这众苦会聚的道场中,视他人灾厄为己身灾厄,他人之苦为自己苦楚的一部分。何况母亲,她既在最初承诺成为人间母者,她的生命已服膺生生不息的规律,只有不断孕育生、赐予生、扶养生,而丧失断生、杀生的能力。不管她的孩子畸形弱智,被浇薄者视作瘟疫、遭社群遗弃,她仍会忠贞于生生不息的母者精神,让生命的光在孩子身上实践。啊!垂悯的风,当她隔着纱窗搓洗衣服,看到窗内的女儿贞静美丽一如往昔,忍不住停下工作,打开门锁,进房想拥抱女儿,却顿遭野兽般捶打时,你是否愿意透露第十年还是二十年后的拥抱将会成真?届时,年逾中年的女儿会扎扎实实抱着瘦骨嶙峋的老母,说:"妈妈,我好像做了噩梦!"

窗外,玉兰树与夜来香交递散发清香,窥伺的风,你一定看到夜深人静时刻,体内的猛兽逐渐盹睡,美女拥有短暂的清醒时光,乖顺地让母亲搂着同眠,你听到苍老的声音问:"还记不记得小时候教你的童谣?陪妈妈唱好不好?"蝴蝶、蝴蝶生得真美丽,蝴蝶、蝴蝶生得真美丽……

啊，漂泊的风，你终于能理解，等待寂静之夜一只蝴蝶飞回来，是她的全部安慰了。如果有一天，她在生命尽头用最后一把力气带走女儿，你是否愿意吹拂她们坟前的青草，不怒斥她是背职的母亲？你愿意邀约无数异彩蝴蝶，装饰一对母女的歌声？当甜美的子夜，她们又唱起这首童谣。

梵音寂然，人籁止息，已到吹灯就寝时刻了。想必此时众人围聚泉边，祈请佛泉。蝉，是天地间的禅者，悲悯永恒的空无；深夜听蝉，喜也放下，悲也放下。

那年盛夏，午蝉喧哗，一波波溯入充满药味的家属休息室。有的人很快移出，意谓同时有人自加护病房送普通病房；有的人迁入，表示某人刚送入对门的加护室。这间六坪大的休息室像一面镜子，清晰地看到人与人之间的牵绊。那对夫妇占去两张长椅，早上我刚来时，六十多岁的外省丈夫含着牙刷一面走一面刷，五十来岁操劳过度的本省太太正在折被。家当、什物堆叠茶几上，她喊丈夫把被子塞到柜子上头，他才边走边刷，像所有嗓门很大、服从太太的老兵。他们看起来像房客了，毫无疑问，躺在加护病房的必是儿女。

这是难以理解的抵触，父母可以为儿女打一场长期抗战，反过来，儿女却鲜能如此。我无意间知道是儿子，等公用电话时，她平静如常交代对方去买一套西装，报了足寸，若西服店没有，殡仪馆应该有，立刻去买，要准备办了。她的卷发翻飞，衣裤皱得像梅干菜，趿着拖鞋进休息室，好像准备煮饭的妈妈打电话叫瓦斯行进一桶瓦斯而已。

近午时分，白衬衫、黑西装送来了。她抖开衬衫似乎不甚满意，戴上老花眼镜拆开袖子与腰身边线，穿针引线缝了起来。做母亲的最了解儿子身量，最后一套衣服更要体面才行，免得到冥府被讥为没人疼的，让做娘的没面子。课诵之蝉，我瞥见茶几上供奉一尊小小的观音像。她咬断线头，又穿新线，像寻常日子里对丈夫唠唠叨叨柴米油盐般说："我们不可以说他不孝，这样他到阴间就会被打。他才十九岁，也不是生病拖累我们，今天要死也不是他愿意的，哪里对不起我们？如果我们做他父母的，心里讲他不孝，那他就会被打，不孝子会被打你知不知道！"

午窗边冷边热，玻璃带雾；虔诚的蝉，在你们合诵的往生咒中，我仿佛看见十九岁的他晃悠悠地走进来，扶着墙问："阿母，衣服好了吗？"

一定有甘美的处所，我们可以靠岸；让负轭者卸下沉重之轭，恶疾皆有医治的秘方。我们不需要在火宅中乞求甘霖，也无须在漫飞的雪夜赶路，恳求太阳施舍一点温热。在那里，母者不必单独吃苦，孩子已被所有人放牧。

微风吹拂黑暗，夜翻过一页，是黎明还是更深沉的黑？她从石径那头走来，像提着战戟的夜间武士，又像逆风而飞的蝴蝶。

掌中的相思花只剩最后一朵，随手放入她的衣袋。

日子总会过完的，当作承诺。

秋日边境

1 芒

如今,只剩下深秋山丘的芒花能安慰我的眼睛。白茫茫,如浮在低空的云,不招摇亦不坠落。我日日看着,竟看出兴味,觉得是一队褴褛僧人,云游天涯,布道布至衣破鞋烂,累极了随地坐下,集体叹了气,化成白芒花。

这僧人之艰难处境,竟成为路过者我眼中的小小一悟。可见秋日法力无边。

2 兴亡

突然,开始飘雨。在寻觅避雨处之前,我不免抱怨昨晚那么多家电视台的气象主播怎么都没"猜中"今日午后有雨?

"也许,其中有一位预测偶有阵雨,因收视率最低所以没人听见,应该是这样吧!"我一面用皮包遮头快步跑出森林公园,一面想象昨晚的缝隙。依毛毛雨等级来分，这雨接近刚收割的羊毛被旋风打散的状态。我应该专心跑才对，却胡思乱想一些不重要的事。也许，我的潜意识又借着日常小事蹿出来敲锣打鼓：宁愿世人没听见智者之言，不愿这世间不存在智者。

然而，两者有何差别？我还来不及进一步思考心头疑问，即本能地跟随绿灯跑上斑马线，号志灯上小绿人快步行走的样子比一个独裁者更具支配力量，就这样，我直接跑入一家咖啡店。

没听到"欢迎光临"的招呼声，室内灯光昏黄，只有一桌客人正抽着烟，没听见音乐，甚至没闻到咖啡店该有的浓馥豆子香。

我在靠窗的位子坐下，当一位不像女侍的女人向我走来时，我的直觉告诉我这家店倒了。

"你们不营业了吗？"我问，本能地站起，像一个误闯禁地的人急于表达歉意。

"要顶让，正在谈……"她指了那桌抽烟男人，很有礼貌地解释着，也带着歉意。

"那么……"我不知道该说什么，这身淋湿模样说明了窘境。此时此刻，我真的只想喝杯热咖啡，避一避雨，再回到浮世街头。

"那么……"她看着我，似乎在寻思一种她能负荷的温暖响应，故犹豫着。我也看着，立刻明白她是这店的主人，像台北城市到处可见的年轻夫妻联手撑一家小店那般，她是决定咖啡香的那位灵魂人物。

"他们要试喝，"她指着吧台，"我顺道为你煮一杯，请你！"

我连说几声"不用"，她回说"不客气"。我暗忖此时不是推辞的时机，先道了谢，心想等品了咖啡再说。

其实，是一家经过精心设想的小店。一桌一椅，即使是墙上挂饰都看得出主人的细腻。绿叶盆栽照顾得很好，好到足以停泊疲惫的眼睛。一壁书柜，摆的都是挑选的好书，甚至连奈保尔的《抵达之谜》都有。难得的是，没看到正在大炒特炒某桩绯闻的各种八卦杂志。我猜想主人的用意在经营书房品位、阅读氛围，让客人仿佛进入自己的书房，而贴心的知己适时送上一杯香醇咖啡或一壶纾解压力的花草茶。她一定希望每位客人在灵性层次恢复活力，而非透过肉欲与窥伺，这足以解释八卦杂志的绝迹——一个有洁癖的人绝不让那种刊物进书房，如同不允许他人穿过的内衣裤放入自己的衣柜一般。

洁癖，就是心中尚保留神圣角落，而这角落通常会被现实攻击得伤痕累累！

有意接手的人正在杀价，烟一根接一根燃烧。我猜下个月这儿会变成网咖之类的店，我坐的位子桌上会有一台计算机，此时手中正在把玩的镶嵌彩绘玻璃的账单盒将变成鼠标。

若如此，即意味着我再也不可能踏进这地方。在我的城市漫游版图上，从此又多一处禁足地。那么，此时的初相逢即是别离了。

她送来咖啡，我告诉她："你的店很美！"

即使这句话不能阻挡土石流（那些庸俗、低劣的事物确实像排山倒海的土石流涂污了宅第，淹没了生活），然而在沉没之前，用心护持品位与格调的人应该听到赞美。

"谢谢你。"她露出笑容，心领神会。

雨还在下，但我得走了。

她坚持不让我付费,而我坚持要付。相互推辞不决,我说:"你得收,因为只有这样我才能向别人证明我到过一家很有格调的咖啡店!"

她愣住了,明白这话的重量。

"如果你过意不去,那么……"我试着化解这处境,"你可以找一样东西卖我,然后算便宜一点!"

她问:"你喜欢哪样?"

"就这个吧。"我拿起放账单的玻璃小盒。

这回,换她坚持要送。我也不推辞,当作彼此交换信物。

雨愈下愈伤感的样子。原本,我应该继续思考气象预报准确度的问题,却油然想起山丘芒雪。

我宁愿如此:因雨境而怀想被冷落的智者,用凄迷的芒景来记录这世间庸俗与尊贵之间的兴亡。

我确实宁愿如此。

在我发间纠缠的思念

"世间有许多事不能勉强,思念是其中之一。"

收到那张玫瑰色邀请函时,我正在朋友的小屋度假。转了两手之后,某个初春下午,一大批信件、杂志交到我面前。特地帮我带来的朋友临走前摇下车窗,嘲笑着:"你呀,红尘中打滚的,连这都放不下!"

对贪心者而言,放心不下的人、事,总是愈来愈多,直到肩头沉重、快喘不过气了,才想要走避。度假是最便捷的躲避方式,一切眼不见为净,让束缚的心得以松绑。然而,贪心者是世间一等脆弱、缺乏安全感的人,必须时时被人事网住才能肯定自己的存在意义。因此,身在山林,心系红尘,脑海里浮浮沉沉仍是那一大锅人事,像暴风雨侵袭的海面,一阵阵怒涛卷起人畜屋宇般,永劫不复。

望着茶几上那叠信件,想起朋友的话,不禁羞愧起来。我确信每一封信都清楚明白写着我的姓名与住址,似阔别的友人清楚明白呼唤着我,但我不能肯定了,寄信者是以纯净的灵魂期盼与我交谈,抑是交由秘书寄发的一封封俗套的嘘寒问暖。

那叠信件一直躺在那儿，山间的阳光穿透玻璃窗在它身上嬉游；清新的山风溜进来，挪动上面几封信的位置；美丽的灰尘也来了，枯干的残花碎叶，静静地趴在信件周围小憩。

我还是没有拆阅。像在人与鬼交叠的世界，啼哭与讴歌各自放声，但听在对方耳内，又觉得分外安静。

朋友来接我下山，他对我在小屋住了十日，而屋内陈列未被移动感到讶异，我微笑以答："想开了，在山间鬼晃鬼晃的嘛！"我心想，如果能这样，也是一桩大修为，住世而不陷入世间泥淖，一身自在。

信！朋友拿起茶几上那叠信件交给我，谁的柴米油盐就下谁的锅。也因此，北上的车程中，我又看见那张玫瑰色邀请函，夹在眼镜公司打折消息与信用卡账单之间。

通常，会选择暖色系印花卡片，不外乎是喜事。乔迁、新公司成立、结婚、小孩满月、新产品发表或颁奖。在职场上翻滚多年，对这类卡片谈不上好感，它意味着锦上添花，离它原始的"分享"意涵已远，有时更沦为肤浅的社交拜拜，花篮不可不到，人不可不出席——虽然，心里嘀嘀咕咕，宁愿回家泡热水澡。

发信者是另一位朋友的公司，我当然记得她，一个非常有活力的中年女人。我首先想起她那充满权威的笑容，以为她又开了分公司，邀请远近亲疏参加成立酒会，像大都会人际网络提示我们的那样。

派个花篮去！我的反射思维立刻出现。但接着有数秒的停顿，五个月前，我们见了一面，甚至在她家共进午餐，她的老母亲异常高兴地为我们准备了什锦面。

五个月前某一天下午，我接到她的电话，寒暄之余，她直接说明请我帮忙买一套书，我说："是我编的，买什么买，送你。"有人想看书令我欢愉，常常不及核计便出手送人，其实是自掏腰包了账的。于是，她说："应该请你喝咖啡。"我爽快地说："好啊！约个地方，我顺便带书去！"接着，她的回答把事情带往完全相反的方向，她说："我在生病，不方便出门。"

她的声音平和，听不出异样，就算有，也不会比骑车跌倒撞断两颗门牙之类的激动，因此我以为了不起是重感冒，以至于用至今想来非常不当的口吻说："谁叫你赚钱赚疯了，强迫休息了吧！"

她说："是癌。"

如果世间事可以任意截断，我愿意花功夫学习句读妙法。当我们在事后饱尝苦楚，于灯下检视伤痕累累的心时，常仰首望着沧桑且无邪的星空，回想事件之缘起与流程，叹了一叹，自语："要是我不打那通电话⋯⋯"一封信、一次通话、一道出游、一回莫名所以的回眸微笑，故事的关键点常常暗藏在稀松平常的细节上。我们总是要等到悲剧发生了，心海里满载希望的小帆船沉没了，才能发现致命的转折点在那里。如果学会句读，具备无上妙眼可以洞悉事件的关键弯路，那么就可以提前抽离，就像强烈台风登陆前夕，你飞离岛屿。

换言之，那通电话里，当我说出欲赠书而她要回请咖啡时，如果我改口："下回好了，对不起我现在正好有事要出门，我们再联络！"那么，所有的事情将与我无涉，我不必因之或悲或泣。

偶然，这就是偶然的量，用蚕丝、水光与流萤般的隐秘线索让两个异路人聚合,不是为了颠覆命运、扭转恶路,只是为了擦出微微的安慰。这世间到处有大痛大苦,"偶然"发了点小慈悲,让这人搂着另一个人,在彼此未能细究的珍贵时光里,说着慰藉的语言。

我说:"明天我去看你,可以吗?你给我住址。"

她比我想象的好很多,容貌上一点也看不出生着重病,甚至比早先美丽。她自己也幽默起来:"没生病前忙得像黄脸婆,生了病反而像贵妃。"我心里甚是讶异,她的美丽有从火宅冰窖挣出后,来到青翠草野张臂呼吸的那份雍容,因为忘了仇忘了恨,忘了狼狈忘了酸楚,所以虚弱的脸庞显得空旷,像雪融后的大山,静静栖着一朵晚霞。

她仍然健谈,躺在沙发上,缓缓述说罹病经过,虽然不时因喘气需休息,但她充满信心,幸运地遇到良医,医生为她设计了疗程,按部就班,她觉得有所进步。

"太好了,你是我听过中最幸运的!"我感染了她的乐观,"下回到外面喝咖啡,你欠我的哦!"

老母亲照料她,当时正好中午,我起身欲告辞,她留我:"一起吃碗面,简简单单,你陪我吃,说不定我的胃口好一点!"她请老母亲煮两碗什锦面。因此,我看到白发苍茫的老人家脸上露出了笑容。

我完全不想回顾我与她交谊的经过,除了断简残篇,更是清淡如水。相识总有十年吧,工作、生活上鲜有交集,但彼此认定对方是跟自己相同质量的人,也就放在心内较昂贵的区位,无须透过世俗管道提醒对方记得自己,像山野间总会看到蝴蝶,因为你知道,繁花在那儿绽放着。

她吃得很少，而我反常地，吃得非常多。她笑起来："是你陪我吃还是我陪你？吃多点好，你太瘦了。"

我将碗筷收进厨房，有机会浏览屋内陈设，嗅觉告诉我这间高级公寓里只有女性气味，没有家居男人。

于是，她轻描淡写多年前那失败的婚姻，一段痛心，一笔庞大债务，一个年幼的女儿。够了，就这三样东西我就知道她的路长什么样子。没有一个女人天生想要发狂地赚钱，如果背后没有巨大的痛。

她说："我不恨他。"那声音好比在说"我不抽烟、我不喝酒"般天生自然。

没什么好担心的。她的秘书捧来当日急件，要她定夺、签署，我顺势起身告辞。我们没花太多言语在告别上，一切都在掌握中，没什么好担心的。

就这样过了五个月。

邀请函的信封是淡粉红色玫瑰印花，常见的喜气，虽然称不上雅致，但有一种迫不及待的架势要告诉你喜悦之事。我拆开信封，卡片的正面嵌着她的照片，盛开的玫瑰花如一阵急雨在她周围缭绕。

里面写着："我们亲爱的朋友走了，与癌症奋战两年之后，于×年×月×日×时合上她的美丽眼睛。"

我望着窗外快速后退的繁华世间，觉得车子再往下开，会飞入无边无际的海。黑暗中，有一滴泪慢慢从我枯涩的眼底往上浮升。

"她很遗憾无法在生前亲自向朋友们告别，所以特别嘱咐举行这一场约会，邀请您来聚聚。她认为生死是自然之事，不需要眼泪与悲伤，她希望在她喜爱的古典音乐声中，老朋友们见见面、叙叙旧，最后彼此道一声再见。"

我错过了这场约会。

一个人就这么消失了,活的时候活得力竭声嘶,行到终点,反而潇洒豁达。她是有贵胄之气的。

邀请函放在书桌上,后来夹入札记本,灯下跟自己吐露心情时顺道望她一眼。

"那么,就在我的稿纸上跟你喝咖啡。"我在札记上写着,"错过了约会,相信你不会介意。旅行者最能了解另一个旅行者无法赴约的理由。其实,我们已经告别过了,不是吗?你故意要我到你家去的,对不对?你看着我饥饿地吃那一碗面时,你已在眼底心里向我说再见了……"

我继续写着:"我不是一个会哭哭啼啼挽留别人的人,也不善于用华丽的言语装饰人际关系,我只会很笨拙地把思念埋在发间,让野风吹拂,雷雨浸润,看着它恣意抽长,直到承受不了,一把剪去满头的思念。"

然后,在日渐清冷的年华里,看它重新纠缠。

闲闲无代志

多年前，我独自站在渺无人烟的乡间路旁等候公路局巴士。无风之夏，炎热中藏着一股诡奇的安静，像千万条火舌欲吞一块冰，却咽不下。我站得脚酸，忍不住蹲着，因而感觉那股安静渐渐往我身上欺来，即将形成威胁，仿佛再近一步，会把我给粉碎了。忽地，树蝉惊起，霎时一阵带刀带枪的声浪框住了人间。

就在这时，站牌后那排蓊蔼老树无缘无故扔下一截枝叶，不偏不倚掉在我面前，着实叫人一惊。我抬头，树上无人；低头审视，不过是寻常的断枝残叶罢，应属自然律支配下无须问为什么也不必寻觅解答的自然现象。多少草木之事，断就断，枯就枯了，落就落，腐就腐了，若苦苦逼问"何以故"就显得长舌。这道理我懂，只是在惊魂未定之时观看那截枝叶，心思不免忙起来；顿觉枝非枝、叶非叶，必定有什么深不可测的天谕包藏其间，是一段枯萎青春还是遗失的记忆？象征死生与共的恋情或是老来弥坚的诺言？我蹲在那儿发愣，掐一叶仔细瞧，看不到喋喋不休的天机倒瞧见了虫啮，觉得人生没有解答，只有各自感受。

抬头，无边际的蓝空，即使树蝉框住人间，那种蓝还是叫人迷惘的，仿佛无限贴近巨人的蓝眼瞳，遂什么也看不见。

若不是朋友向我描述她的友人病得双腿像枯木般瘦，我恐怕不会再忆起那一段乡间小事。人的记忆自有奇幻之旅，往昔所经历之人事景物，纷纷扰扰堆在记忆区，看似无用饾饤，其实往往是"画龙点睛"之所在。换言之，有人为你点睛在先，日后才画条龙给你。

我不认识朋友的友人，据说是个擅园艺的雅士。年轻时颇有几段浪漫情事，可惜薄缘难以深耕，就这么孑然一身老了。朋友跟他的交情不深不浅，近二十年了，比普通朋友黏些但还揉不成知己，宽着说，算是放在心坎儿上的。跨过老年门槛的这辈人，不易在觥筹交错之间跟人称兄道弟却也不随便于乱世开除朋友，他们把友谊当成古董养着而非用毕即弃的消费品。养着呵着，一点也不切合实际，但他们始终相信，一生若找不到几个名字可以挂在屋檐下想念，这辈子未免惨淡了些。

朋友得知她的友人罹患重症，即刻动用人脉打探权威医师并且陪他看诊。刀，免不了要开，接着还得承受一连串复杂且艰辛的治疗过程。朋友说，不管我们穿得多么光鲜，碰到大病痛，立即像流浪狗遇到冷酷无情的捕犬大队，全身体无完肤只剩两颗眼珠还是无辜地亮着。我想起捕犬队员用粗铁丝死勒着被捕的流浪犬，心绞起来，求她不要再讲了。而她开始啜泣，说她买了一顶时髦的扁帽送他，在帽上签名的不是那位炙手可热的政治人物，是她的法师朋友及几个莫名其妙被抓来签名的比丘、比丘尼。她说她拿着帽子跑去佛寺，虔诚地找了一个下午的"祝福"。

"戴着吧！"她对即将动手术的友人说，"不管遇到什么事，永远永远记得，你不是孤独一人的。我会陪你走这段路！"

好大的气魄，真是好大的气魄！敢对人说"我会陪你走这段路"。一句话罢，让人听了觉得这还是个有诺言的社会，是个执手不相忘于江湖的美好时代。

我叹了口气。忽然，没头没脑地勾到一丝念头，觉得他俩之间绝非一张白纸，遂大胆地问："你恋过他对不对？要不然怎会……"

"年轻时候的事情，不重要了。"朋友说，"他是很好的人，好人应该有人珍惜。人跟人之间有什么、没什么很重要吗？疼一个好朋友需要百千万个理由吗？俗脑袋！"

友人的病情不乐观，两人都知道往下的路不只泥泞更是暗无天日的暴风雪。起初，他们互相瞒对方，用尽虚辞浮藻鼓舞对方的心情，倒分不出谁是病人了。后来，两人都词穷，在病房里相拥痛哭。他，近六十的人，哭得涕泗纵横，哭得没有过去、遗失未来，哭罢也疲了，沉沉而睡。

她守在床边，看他睡着。那一刻，她知道自己会很快失去他，心里却不再悲伤。她说他那张布着霜发乱髭的雪白瘦脸仿佛是暴风雨之后平静的湖面，没有天光云影来打扰，兀自浮晃一个纯真小男生的影像。因而她明白，这趟路的目的是陪他走到十丈红尘的边境，那儿亦是众神花园入口，他得一路褪去肉身皮囊，才能进入灿烂园子，重新恢复成婴儿。

"这功课不好做！"朋友说。语毕，陷入沉默。不好做的功课等着每一个人，无一幸免。我不禁想，死亡的过程或许就是灵魂自肉身脱壳的过程吧，这事儿说起来似乎不难，但只要想到灵魂的根须深入每一寸人间世、缠绕着每一缕儿女私情，即惊觉到要脱的壳岂是一具皮囊而已，是整座茫茫人海啊！

死亡这一关既不是功夫也非学问，无法拜师学艺或修习学位，即使亲如父母、夫妻，也不能把这经验当作遗产馈赠，着实叫人不服气却又是极公平的事。我们只能趁活着时，靠一丁点儿慧根去领会这门课业的奥秘。当周遭熟人死去一个时，开始点拨我们对死亡的注意；死去三个后，才摸出一些轮廓；走了五个，练就我们与它面对面的胆量。还得加上失去至亲，经年浸泡于悲伤的深渊，才能溶解我们对死亡的仇恨；最好自己又进出一趟鬼门关，如此一来，稍稍称得上有雅量跟"死亡"握手做朋友了。而那些能够把泰山置于鸿毛之上、偕"死亡"逍遥而去的人，是千万人中选一的大智慧者。他们是被上苍吻过的人。

朋友的友人终究进了加护病房。她天天去探，比家人还勤。她附在他耳畔，牵他的手，第一句话说："老家伙，今天有没有用功做功课？有的话，握拳头！"他一共握了二十多个拳头给她，然后在一个深夜，猫似的走了。

世界依然忙碌，死去的人往天上走，诞生的人一一落地。

当友人的家人告知死讯时，朋友正在繁华商业区玻璃帷幕大厦内上班。她只说了句不深不浅的话："我知道了。"没问往下的事。后来，她连丧礼都没去，她知道他的灵魂不会乖乖坐那儿让众人鞠躬的。

朋友说，她得知消息时，外头正在打雷，接着下起大雷雨。她没别的感觉，只是有点想笑，心里骂他："一辈子都是不会看脸色、看天气的家伙，选这种日子出远门，够你淋吧！"

她流下泪。雷，响得如痴如醉，响得死去活来。

连续三日，气象局发布豪雨特报，旺盛的西南气流统治这盆地，仿佛海龙王玩弄一只小蝶。雨，把人给吓傻了，脑袋空空，从早到晚只知道雨，别的都不记得。

难得等到雨歇，老妇人拎着煮好放凉的一瓶白鹤灵芝茶，撑伞出门。她得走一公里路，才到她的小学同学家。

这同学也七十岁了。两人分别五十年后，有一日在小诊所内重逢。起初，彼此觉得对方那张镶蕾丝、挂流苏（皱纹太多）的脸有点儿不一样，等护士喊名字，又觉得这名字不一样。后来，其中一人鼓起勇气对另一人说："我叫某某某，噫！我是不是认识你呀？"标准的老太太重逢法。

两个老太太终于哎哟哎哟地执手相认，嗓门挺大，霎时忘了病痛，忘了五十年岁月像一头老母牛趴在她们背上喘。世界是怎么个转法呢？真像儿童乐园里的旋转杯，你拼命向友伴挥别，以为再也见不到了，哪知几次自转、公转后，两人又挨在一起。这世界，总让人晕晕的。

两人住同一小区，丈夫都没了，儿女也不在身边。老同学说："女人是油麻菜籽，生的小孩也是油麻菜籽，一撒就不见了。"幸好两人的身体还算硬朗，小毛病有几桩，大病尚未报到。银发族真像水泥工，成天盯着身体修修补补兼抓漏，隔一阵子就得上建筑材料行（医院）买水泥、防水剂（取药）维修老屋。可惜没一家医院体贴这些老人家，仿海关弄个礼遇银发族快速"缴费取药"通关并不难，训练一批志工专为他们服务也不难，总之没那一点心就比登天还难。老人家们只好继续拄杖颤巍巍地去排长长的队缴费或呆呆地坐在椅上等领药。即使有家属陪同代劳，老人家也得在医院待上大半天的，比自助旅行还累。

两个老太太带着纯粹的友谊与温情在这社会的一隅欢聚，仿佛两个溜课的小女生跑到学校后面的小山丘那棵大树下捏泥娃娃、编花戒指，还互相绑辫子。不是世界忘了她们，是她们把世界丢得远远的。她们的心被纯净的喜悦充满，如浑浊小河重新流淌清水。差别是，小女生的心思如梦似幻，看到一朵花落了或想起隔壁班男生奇异的眼光就能以假乱真地以为自己历尽沧桑因而哭得肝肠寸断；老太太正好相反，走过六七十年枪林弹雨般的女性运途，苦过头了反而失去地心引力，那一大担记忆像风筝浮在举头三尺处，不像自己的。说不是它又是，痛感还在，说到伤心处还会掉泪。原以为委屈早已腌成酱菜，看不出季节的颜色，不，那委屈在老太太的泪水中鲜活起来，像倾圮老屋墙角壁缝长的一蓬蓬蕨草。时间使老屋更老，时间让绿草更绿。

六七十年岁月称得上是"大字足本"悲苦人生，一人一本，共两大巨册供两个老太太"说书"。不是时间遗忘她们，这回是她们把时间扫地出门了。两个老同学一周见面三四次，天天通电话。看同一出连续剧，同一天上医院拿药，吃的蔬果愈来愈像，连眼睛痛都擦同一款药膏。仿佛小学生互抄作业，要对一起对，要错一起错。

不久，其中一人中风了。折腾个把月，幸亏不算太严重，一手一脚慢慢拖还能走，只是心情沉入谷底，一副只求一死的模样，常喃喃唤她死去丈夫的名字：你这没用的男人怎不把我这个无用的老太婆带走？儿女为她请了菲佣后不得不无奈地各自散去，只能排时间表，一周回来一个陪妈妈说说话，添妥生活必需品。

没中风的那个也像中了风，心里难受得茶饭不思。她天天到老同学家照应，鼓励她要按时吃药别让菲律宾小姐为难，要多做复健才能走到美容院烫头发，要快乐点儿才能多活几年。最后，搬出心底话："你不为儿女想也得为我想，我苦了一辈子才捡到个姐妹……"话未说完，两个老太太手拉手哭起来，害菲佣也跟着红了眼眶。

老妇人在自家院子种了好几蓬白鹤灵芝草，一得空就煮一瓶给老同学送去，当青草茶喝。她为了鼓舞老同学，剪了几枝短茎栽入盆内，放在老同学家的院子里，让她早晚散步做复健时，有个东西可以盼。

豪雨初歇，老妇人趁这空隙出门，手中那瓶草茶看来有点沉。雨虽弱了，到处仍是湿漉漉的。她打伞，走得比往常慢，仿佛整个世界的雨水都压在她伞上。或许，人生的道理就是这么浅白，自己挑自己的重担，一路走还一面招呼身旁的挑担者，问：重不重、痛不痛、要不要紧？问得那担子自己都不好意思不轻灵一点儿。

若如此，苍天看在眼里，当欣羡无比吧！

盆内的白鹤灵芝草长得飞快，原本像一束香炷，现在冒叶了，一团浅绿，好像永远可以清肝降火、永远不会遗忘的童年。

老妇人未走到门口即大声唤老同学名字，这是她的习惯。坐在廊前等着的那个即刻起身，微拖一脚去开门，老妇人大惊："你别出来，地上滑……"门内的这个举起一支粗藤般结实的褐色拐杖，说：

"放心啦！有这个！"

接着，她们聊豪雨，比对八家电视台的气象预报，其敬业态度像天天得出海作业的渔人。两个老太太互搀着进屋，那情景让人觉得友谊不是抽象概念，是她们从年轻起即一针一缕绣出的雪中送炭锦帕。上天看喜欢了，借去欣赏，而后向芸芸众生展示：就是这样儿！众生瞧见了，以为瞧明白，日后却模糊起来，只剩概念。老太太们不需演绎概念，她们实实在在靠着老姐妹攒存的炭火把晚年烘暖了。

若不是那支粗藤般结实的褐色拐杖，我不会再次忆起多年前在乡间路旁候车、突然被树上掉落的一截断枝吓着的往事。我记得我蹲着端详甚久，不明白隐藏在其中的天机。

现在隐约明白了。那是一种暗示，预测日后我将经由一截断枝之形貌、意象，嗅闻人间的好滋味。

或者，那也是一种抱怨，来自遥远高空的抱怨。我不禁幻想，若重回当年，抬头远眺蓝空如逼近巨人的蓝眼瞳时，我开口问你为何扔一截树枝吓我？说不定那至高无上的神真会吐露衷曲，说它羡慕十丈红尘里的阴暗与光亮、卑微与尊贵，说它向往生死之间的哀乐滋味、炎凉里的那份酸楚与最后的温暖。

我若问它：你那儿不好吗？

它或许会这么说：我这儿不冷不暖、不生不死、不净不垢。唯一能做的是，闲闲无代志。

闲来无事，老太太继续煮白鹤灵芝茶给另一个老太太喝。我的朋友继续在心里为她年轻时爱恋过的友人诵经超度。而闲着的神，继续折枝吓一吓路过的凡夫俗子。

尚未发生

四月当然不是残酷的季节。孩童在草地上踢足球，球追孩子，孩子追球。年轻教练吹哨子喊着："喂！你们还没睡醒吗？快快快，球过来了，用力踢出去！"

风，带着稀薄花香从山上吹来。那香，只够让专心呼吸的人嗅闻，"春，将尽！"你深呼吸，转译鼻腔内讯息竟起了恋恋不舍。风吹拂你额前微霜的发丝，仿佛安慰，仿佛一向都懂。

阳光穿透晨雾而来，草地烫金，露珠被刺破闪出银芒，孩子们呼叫、挥汗，继续围剿一颗足球。树荫下，陪孩子练球的爸爸妈妈坐在阶梯式看台上像一群聒噪肥鸭，聊天、看报、吃早餐，积极点儿的踢腿扭腰做运动或打呵欠之后穴道按摩；大操场一隅，乃其餐桌之延长、沙发之延长或会议室之延长。仿佛太平盛世就应该这样，爸爸妈妈做的谈的想的都是琐碎之事，有的互相询问孩子过敏体质交换小儿科医师电话，有的评论围棋班哪位老师的教法较具启发，有的下定比当年结婚更难下的决心跑操场一面频频召唤友伴："你不来吗？你不来吗？"状似赴死，有的拨手机联络午餐约会，有的简报中医师名录听者莫不撕小纸片记录……仿佛太平盛世就应该这样，每件事都跟昨天、前天没什么差别。一位迟到妈妈拉着尚未换穿球衣、头发睡歪一边的儿子小跑步而来，手上还捧着纸碗装蚵仔面线，由于限塑政策推行彻底，一只小汤匙只好含在嘴里，就这么快快快抵达树荫下，立刻有几只妈妈的手围上来替男孩剥衣换服，下一秒钟他就像走出电话亭的超人，直接上场了。

唉，在太平盛世的范围，早起算是相当痛苦的。

你坐在布满粉紫草花的草地上，看这浮世一角看得趣味盎然，甚至还不想打开手中诗集。你不禁想，浮生之所以有趣，在于允许你隐身于安全处所，又能附着于他人生活借以观赏、感应，遂得出你未曾察觉的滋味。突然，一声急哨打断你的思绪，教练吼着："守门员，搞什么飞机，你睡着啦？"那可爱男孩当然没睡着，他守门守得毫无动静近似被罚站被遗忘，所以自作主张摘花扑蝴蝶去了，门户大开，一颗球以万里寻母姿态急急滚入球门怀抱。

肥鸭们笑成一团，吃蚵仔面线妈妈擒拿小汤匙评论："这个天兵厉害哟，以后当兵不能派他站卫兵！"孩子的妈笑岔了气，掩面跺脚做羞愧状。输球那队被罚跑操场，肥鸭们提议孩子妈妈去助跑以谢罪，那妈死也不肯。

你偷偷喜爱那男孩，只有他与你嗅到春深气息。扑蝶事件将成为他生命中的奇异点，此后因不断被引述、传诵而有了亮度。浮生甚暖，一陌生男孩抓到奇异光点时，你正好在现场。

中场休息。孩子奔来，肥鸭们赶忙递水，擦汗，喂面包，抹驱蚊膏。你打开波兰女诗人辛波丝卡诗集，阳光捆着你的眼眸放在

《越南》那页：

　　妇人，你叫什么名字？——我不知道。

　　你生于何时，来自何处？——我不知道。

　　你为什么在地上挖洞？——我不知道。

　　你在这里多久？——我不知道。

　　你看着树荫下十多个家庭的寻常早晨，相信太平盛世里所有的缺口都有办法弥补，即使"挖洞"这讨人厌的事，也能找到暖和故事遮盖遗憾。你相信太平盛世里，死神患有自闭症，不喜在人群中走动。

　　你为什么咬友谊之手？——我不知道。

　　你不知道我们不会害你吗？——我不知道。

　　你站在哪一方？——我不知道。

　　战争正进行着，你必须有所选择。——我不知道。

　　哨响，"上场！"教练喊。紧张的爸爸叮咛儿子要机警点儿，眼睛看球知不知道？妈妈做的总是比较多，帮儿子铺吸汗巾，拉好裤子顺便传授"黄金右脚"姿势，提示重点："看到没？你们的球门在那儿，别踢错了！"

　　教练吹哨，下一场比赛开始。球追孩子，孩子追球，即使阳光带刺，四月仍然不是残酷季节。肥鸭们坐乏了，纷纷振作，站在场外大喊：加油！踢啊！给他死！

　　给他死？如果这是一场战争，死的是一颗球还是某孩童之某脚？如果是真正的战争如我们在电视荧幕所见伊拉克小男孩失去手脚乃真实之事非合成画面借以骗取世人眼泪者，场外为父为母者，哪一位愿意为"圣战"奉献他的心肝孩儿？哪一位会急如星火，拉起不愿起床头发睡歪一边的孩子、抱着尚未换穿的军装小跑步而来？哪一位会斥责她那漫不经心的孩子，上战场怎可摘花扑蝴蝶？

肥鸭们的加油声浪有点儿过激，惹得不远处打拳的老先生老太太侧目，竟歇手看起男孩们的战况。你眯眼观战，相信这群六七岁男童可能有人会成为企业家、科学家、教授、医生或国际巨星，但绝对没有贝克汉姆的半只脚。这也就是肥鸭们激动的原因了，因为双方势均力敌（翻成白话是：都不行），所以战况分外惨烈。

"战争正进行着，你必须有所选择。"你的眼睛回到书页。阳光将你的手指投影在纸上，如倒塌的大楼、可移动的废墟。四月不是残酷的季节，但焉知五月不是、九月不是？焉知明年不是、每年都不是？

你后悔带这本诗集，更懊恼读这首煞风景的诗。然而，翻开的书页一旦过目再也合不上。你甚至无法进入诗人之眼体会文学心灵之起伏跌宕，某种你忤逆不了的力量将你押入那名越南妇人的处境耽耽挖洞的处境。你茫茫然逡巡这热闹的操场，赛球孩童、打拳老者、慢跑的人们向你展示太平盛世的面貌，可是诗句却如钢刀划破颜面，你幻觉那群奔跑孩子掉入诗中呈现的烽火国度，一样奔跑，挥汗流血，纷纷扑倒。

远山，你眷恋的远山若隐若现宣告油桐树的花讯，像一个羞怯的守护者，桐花乃这岛屿这季节里最能让人静息片刻的存在：替春送葬、为夏接生；凝睇一树雪白，仿佛焦躁有出口，恐惧得以释怀。

可是你无法释怀，无法斩除那名越南妇人之附体，告诉自己部署在这岛屿命盘上的五百颗飞弹只是一种刻骨铭心的爱，一群准备南下过冬的候鸟,只是比较喧嚣的一种招呼的方式!

如果有一天,此刻大喊加油的肥鸭们必须挖洞掩埋自己的孩子,那么,谁为他们掘穴掩埋永不瞑目的恨呢?若那一日注定不可避免,你忍不住反过来感谢飞弹,从现在到启程那一天之间,你可以自我练习并安慰那些被意外、疾病、误杀、忧郁带走孩子的妈妈:"走了也好,你的儿穿戴整齐手捧香花去天堂,他避掉战争了!"你可以继续思考:活着与死亡孰优孰劣,哪一个苦短乐长?

哨响,比赛结束,平手,鞠躬,鼓掌。满头大汗的鸭子们奔向树荫,喊着:"妈咪,渴死了!"

你寻声看见你所爱的小男生四处喊你,他总算发现你坐在开满粉紫酢浆草花的地方,笑嘻嘻朝你跑来。

这时间够你读完那首诗:

你的村子还存在吗?——我不知道。

这些是你的孩子吗?——是的。

叁·肉身启示

梦要走的时候
是不会跟任何人打招呼的

一个编辑劳工的苦水经
——献给编辑们

1

在一次非正式的口头调查中,十位从事编辑工作的人被问道:"你最想暗杀的人是谁?"有九位痛快回答:"作家(内含译者)!"只有一位慢吞吞说:"计算机排版行的打字小姐!"这个答案稍嫌勉强,她承认原本作家是她的第一人选,"那,干吗换呢?"她想了想,又慢吞吞回答:"都……都给你们杀光了嘛!"

2

所谓"编辑",是指以特殊技术将创作者的智慧产物变成可供印制、出版的一种工作(及人)。编辑主要依附在以文字为主的媒体上,如报纸、杂志、出版社;现在,有声书与即将蜂拥来袭的电子书为编辑的工作内容增添变量。套句俗话:愈来愈不好混了!

"编辑"又可分为"文字编辑"及"美术编辑",一般简称"文编"与"美编"。事实上,很长一段时间,"编辑"专门指文字编辑;早期的编辑老爷们不仅学贯中西而且五艺具备,有关版面、封面等美编技巧无不亲炙,只在完稿部分请个工读生割割贴贴了事,因此直呼之"美工"。美则美矣,"工"字令人不悦,当然,也奉天承运碰上咱们这社会开始注重"美术设计"的专业了,所以,干脆把"编辑"一剖为二,一半赏给文字,另一半赐予美术,两相平安。

平安吗?这个嘛……难以启齿。

3

一个负责任、敬业乐群、可堪造就的编辑(指文字编辑,以下同)必须锻炼出一种本领:把编辑台当作一架电动削铅笔机,将自己视作一支有受虐倾向的铅笔。喀!喀!喀喀喀……咻咻咻!在每一个晴天,每一个窗外下着雨的晚上,因自己的生命终于找到施虐者,而流出感恩的薄泪。

(是这样的吗?你摸着良心说,是这样吗?)

好吧,说正经的。编辑跟加工区的劳工没什么不同,尤其是位于基层的编辑,他们所付出的心血,很少被读者(或使用者)一眼识出而单独地对他们表达感谢——如果有谢意,通常会指名交给作家、出版者。编辑是一群无声、无名的人,他们的一生像一块巨大冰岩,慢慢在燥热的编辑台上融化。

4

约百分之八十的基层编辑是女性（所以，请允许我开始用"她们"来叙述），大多出身大专院校文学院及相关科系。一般印象里，文学院似乎擅长孵育作家，其实是凤毛麟角。更多的文学院毕业生如果不转行、不深造、不教书直接倒入社会，在她们漫游般的觅职旅程里，很少不经过"编辑"（或类似编辑）这一关的。当然，她们必须重新学起，因为，学校课程没排这门实学致用的学问。

编辑们，十个有九个半曾经在校园生涯里编过校刊、墙报，参加过作文比赛、书法比赛，在周记上抄录过卡夫卡或泰戈尔名言，给心仪的作家写过信，上过文艺营，逃课去听新书发表会、赶国际影展，写过文章、办过文艺周，给女友或当兵的男友写厚达十页的情书。

她们在学生时代大多是校园风云人物，最起码也以多才多艺受到老师与父母的赞美。她们的字都写得整齐、漂亮，最重要的，对书有感情。

然后大学毕业，踏入编辑这一行，差别只在报社、杂志社、出版社而已。她们什么也不懂，从基层做起。

梦的时代结束了。多年以后，她们自堆满稿件的编辑台抬头，从抽屉拿出人工泪液仰首点两滴后，睁眼望向窗外，看见不远处停在屋顶电视天线上的一只麻雀跳跃几下，朝黄昏的天空飞去，才惊觉到，梦要走的时候，是不会跟任何人打招呼的。

5

有三个罹患职业病的资深编辑最近一起报名学气功。一个是凡有关节处必隐隐酸痛，尤以"主干道"头、颈、肩、背、腰为烈；一个是除此之外另加上眼睛干涩、常有飞蚊飞蝇（甚至飞绳）掠过之感；一个是除以上之外另添胃溃疡、不定期腹痛。她们传承了编辑职业伤害的三大门派："骨干派""眼目派""肠胃派"；愈是资深的编辑愈能精通各派功法，集大成而寻访中西名医。她们的贴身恩物是：大小按摩器、痛贴贴、腰垫、撒隆巴斯、胃药、表飞鸣、普拿疼、眼药水、凉眼贴……在花粉、牛蒡茶、蒜头精之后，最近流行吃卵磷脂。

是的，她们最想偷情的对象是：精通按摩的指压大师。

其中一人，她的症状已晋升精神层面了，编辑生涯"迫使"她随时随地兴起"校对欲"。她会情不自禁校对招牌、Menu、广告DM及正在阅读的任何一本书。以下发生的事有点悲惨，请哀矜勿喜。

一晚，临睡前，她正在看巨册的、以同行价购得的类似中国历代精彩秘戏图汇宝，文图并茂、缠绵悱恻那就不用说了。她那"偶尔才配一下"的"配偶"一时天雷勾动地火，翻身匍匐而来，一头钻入她的睡衣内正要游山玩水，她说："等一下，不要动！"抓起枕头压着配偶脑袋，再把秘戏巨册搁于枕上，反手摸出一支红笔，喃喃自语："这个编辑干什么吃的？明明是'床笫'，误成'床第'，床上的事还有什么等第的，又不是考试分及第、落第，还秀才、举人咧！"瘾头既起，连校数页，把"第"字圈出，写上"笫"。这不打紧，还唠唠叨叨意见一堆："这个出版社太不负责了，应该注明这些图是'参考书'不是'教科书'，要是有人按图照做，不骨折才怪呢！"这会儿工夫，够她的配偶宛如烈焰突逢滂沱大雨，万籁俱寂；闷一肚子气回复原位，侧身安息。她校饱了，捻灯欲眠，想起什么似的，拍拍他的肩："你刚刚有什么事？""没。""哦。"亦侧身而卧，奇怪，胸口痒痒的，一定又是他没刮胡子扎的，随手挠了挠，打个哈欠暗思："做过了吗？好像做过了。嗯，这家伙愈来愈神不知鬼不觉。"

以上略经添油加醋，大体上忠于原著。另外两位资深编辑提醒她不可"废寝"，免得配偶在外培训"人才"、储备"干部"，把家里这口子升为"顾问"——顾而不问。

"哈哈！顾问！"她忽然大笑，"有个'顾问'的笑话要不要听？"

那两位资深编辑面面相觑，什么跟什么呀？又难忍笑话诱引，竟搁下闺中训导言论，听她讲笑话：

"有个人被聘为'资深顾问'，叫印刷行印名片，第二天，名片送到，他一看气炸了，印成'资深顾门'，打电话骂印刷行：'搞什么，门错了，少了一个口！'印刷行道歉重印，次日送达，他一看就晕死在地，印成'资深顾门口'……"

三人捧腹大笑，她做了结论："可见，校对多么重要！"另二人张口结舌笑不下去，心里有数，她的问题很大了！

后来，应验了。她哭哭啼啼诉说婚姻破裂争吵史，忽而掠过一抹得意神色，协议书上"签署"打成"签暑"，被她校出来了。

6

忠于原著，翻成大白话是：请一字不改。通常你会在作家交给编辑的原稿上看到这行字。作家最"痛恨"编辑擅自改动他的稿子，哪怕是一个"的"，哪怕一个"，"，哪怕一个"……"，数数看，六个点，少一点都不行。

作家跟编辑的关系既是亲家又是冤家。灵异派的说法是，这辈子干编辑的前世都是"焚书坑儒"、兴"文字狱"的；作家嘛，皆是被坑之儒、下狱之士，一口冤气还没散。两派人马于今生遇合，冤头债主，坐下来好好算个清楚。

可不是，哪个编辑不手痒，心里嘀咕："字写得跟天女散花似的，错字一大堆，前后文不统一，文章写得这么烂，还要我伺候！"实在按捺不住，红笔一挥，改起文章来了。

有些作家海派些，在合理的范围内允许编辑替他整容，甚至原本杂乱无章的内容经编辑拉出架构、重新整编、下标题换书名，脱胎换骨令人眼睛一亮。这层关系，是善缘。

有些则铁腕作风，死不认错，毫无商量余地。曾经有个作家在看到三校稿时，发现几乎每页都被编辑更动过——无非是"的、地"之类、常用字统一写法及下小标，他气炸了，冲进出版社总编办公室，把稿子摔在桌上："叫你的编辑依照原稿，全部给我改回来！"

十多万字稿子，小编辑含着眼泪一字字对照改。当然，编辑错了，她忽略了"著作人格权"保障作品的完整性。但是……但是，有没有人忽略了她的感受？

这种关系，是孽缘。

7

编辑是"多功能处理机"（简称"奴隶机"）。在分工不清的年代（现在仍存余绪），编辑除了发稿、校稿、管印制，还得兼理企划、公关、财务、业务、读者服务。当然，美编闹脾气或过度琐碎不好意思打扰人家时，还得甩甩针笔、擒拿美工刀。以做一本书为例，一个全能的编辑大约必须跟十五到二十单位联系，每一单位平均以三通电话计，约四十五到六十通电话——在不出差错的情况下。

编辑几乎不可能一次只伺候一本书，有的同时操作一条书系（十本到一二百本不等）的所有状况。

形势吃紧时——譬如配合电影电视档期、选举、热门新闻、作者来台，她有可能被要求加班"赶书"。作者大多觉得编辑对他的书不够照顾：出书太慢啦，封面太丑、作者名字体太小啦，没做腰封摆在书店不明显啦，发书不普及啦，没做广告、安排媒体访问啦，版税没结啦……在分工精确的出版社，以上这些问题分属各个单位，于是，你可以看到一个童养媳般的小编辑到处喊大哥叫大姐："大哥，××作家那本书的封面作者觉得名字太小了，可不可以'麻烦您'改？""打样了还要改！哪里小？做墓碑啊那么大干吗？""大姐，书什么时候可以印出来？""你眼睛脱窗啊，没看到我在赶吗？为什么到蓝图了还要改，编辑干什么吃的？""作……作家说要……要改的！""你不会叫他不要改啊！""大哥，我……我们可以不可以帮那本书登个广告，作家在问……""不可能，经费有限，档期排满。""大姐，可不可以先把那本书的版税结一结？""没办法，依合约出书后三个月支票。"小编辑出巡绕境失败返回座位，"小编，二线电话。"有个作者来电抱怨何以新书拖两个月还未出，旧书在书店又找不到？小编给不出答案，对方甚不谅解。"小编，四线电话。"有个作者来电要她把再版版税结一结后，帮忙到邮局划拨一本杂志、透过同行优惠代购一套书叫快递送到家、买两罐乌龙茶连同他的书每种各一册海邮给他的国外朋友。才放下电话，紧急指示要她三天内赶出一本电视小说、四天后再版数本书。她熬不住了，当场痛哭失声："我做不出来！……对不起，我真的做不出来！……"

8

编辑八恨及憋在心里的话：

1. 作家黄牛，没交稿（或稿子跑到别家出版社）。（不讲信用的家伙，我看扁你！）

2. 到三校稿了，作家还要大幅修改。（可见你写作不够严谨，浪得虚名！）

3. 蒙混的译者及审订，害她必须比对原文润稿、改稿。（这么不用功不敬业，还好意思拿译费，亏你还是大学教授！）

4. 无法准时交件的封面设计者。（吃不下来就别接那么多case嘛，你退步了你知不知道？）

5. 印制部门拖延。（只会催别人，你自己呢？书出不来，你去书店下跪好了！）

6. 难缠的读者为了几个错字骂她半小时，甚至每天十多通电话骚扰。（吼："你有毛病要对'症'下药嘛，有本事，你去对老板吼呀！"）

7. 书滞销。（唉！现代人都不读书。）

8. 老板宣布今年不加薪。（老板，你的能力不怎么行哦！）

编辑噩梦：错字都没校出来。

编辑名言："为人作嫁衣裳。"

编辑口头禅："再版的时候改。""什么时候交稿？"

9

基层编辑起薪，从一万七千至二万二千元不等。五年前，某家赫赫有名的杂志社，起薪一万四千元。扣除劳保费及薪资所得预扣，每个月拿到手上的少得可怜。

她们——基层编辑，大多数家住东、中、南部，必须在外租房子。为了节省开销，与人分租一层公寓，五六坪的房间就是她的家。每月薪水扣除房租水电、交通伙食、寄给父母贴补家用的，大约剩下三千至一万元之间。她们开辟财源的方式：写稿、帮别家出版社编书及校对。（校对价码：每千字十五至二十元，校完一本十万字的书，可得一千五至两千元之间）

她们大多未婚，由于工作场所以女性居多，不易寻觅对象。万一结婚了，又不幸有了，她们会这么做：一大早搭公交车把孩子送到保姆家，搭公交车到办公室；下班搭公交车到保姆家抱孩子，再搭公交车回家。每月付保姆费一万两千至一万五千元不等。她们的大包包里塞着日用杂货及未做完的稿件、赚外快的校稿。她们很努力存钱想买一间自己的窝。她们不敢多想未来，怕仅存的幻梦碰到现实空气会令自己突然崩溃，昏厥在丑陋的街道上。

有一天，两个女编辑同时看到一则新闻：一个勤快的午夜牛郎一晚的收入近十万。

她们的脑中各自闪过念头，一个想："这个社会是不是需要来点革命？"另一个反省："是不是我还不够勤快？"

10

"编辑"这一行的头衔充满创意，粗略可分三级。第一级："助理编辑""执行编辑""责任编辑""特约编辑""行政编辑""资深编辑"，特征是，年龄轻资历浅工作烦琐报酬低；第二级："主编""代理主编""执行主编""特约主编""资深主编"，特征是，忍辱负重煎熬四五年以上，薪资略高，稍有小权，工作能力受同行肯定；第三级："副总编辑""代理总编辑""总编辑""荣誉总编辑""总策划""编辑总监""出版总监"，特征是，入行十年以上，有开辟路线、策划书系能力，必须承受业绩压力，曾经做垮数家杂志或出版社，周游列国、人脉资源丰厚。别人叫不动的作家，他们一出马就搞定。不过，其共同的潜伏病是：想自立创业。因为，"总"字辈最容易跟老板拍桌子翻脸。

报社除外，台湾的杂志、出版社大多留在春秋战国小邦林立的局面，个人独资、家族事业色彩浓厚。遂不能打开格局。就算以"股份有限公司"设立，由于超级大股在老板手上，难脱公私互通之嫌。组织架构先天不良下，员工福利仿如天方夜谭，调薪比率自由心证、赏罚不清，当然，没有退休制度。

文化事业在沙漠土壤的台湾确是高风险行业，每个老板都诚恳地希望员工共体时艰。但是，如果赚钱了呢？有没有想到设计一套合理的计算方式与员工分享利润？不行，因为公司必须追求更具扩张性的成长需要投资。如果追求成长是经营者的第一义，请问，员工是第几义？

而宿命是轮回的，那些高干编辑自立门户之后可能会——希望不会，用同一套老板兵法统御他们的员工。

每年夏天，一批无邪的大学毕业生倒入社会，招募编辑的讯息如蝗虫过境。

11

什么人适合当编辑？或者反过来问，老板们要什么样的编辑？一家颇负盛名的出版社集团发出"求才"广告，除了要求精通英文之外，明明白白写着"排除条款"：

以下这些人勿来应征：

一、希望准时上下班者。

二、无错字洁癖者。

三、有家累，需常常请假者。

四、健康堪虑者。

五、想过悠闲生活者。

以上五条，换言之就是：加班工作、为提高质量必须努力工作、无家庭生活只有工作、维持身体健康全力工作、忙碌工作。

这是标准的加工区劳工生活。在文化大纛、出版梦想的阴影之下，编辑们缴交青春、健康、生活，不认命也得认命地领取微薄薪水，继续埋没在茫茫字海中，直到眼睛干了、内脏毁了、年纪老了，自编辑台"荣退"。如果，回想一生战役，恐怕大多数的编辑会痛哭失声：经手的数百本、上千册书，多是泡沫，是垃圾。

在疯狂追逐出版量之前，可不可以先善待编辑？

12

是的，编辑们曾经有过作家梦，希望有生之年能活在创作的喜悦里。她们年轻时曾以才华横溢受人赞赏，人人视为璧玉。那个梦仍如春天绿树在远处呼唤：归来吧！归来吧！缪斯的儿女……而挑灯提笔偷偷写就的诗篇或小说，又反过来讥讽她们的生涩与不切实际。资深编辑奉劝她们："放弃吧，这些路我们走过了。写不出来的，就算写了有人肯出，你那些诗啊散文、小说的，一年卖五百本了不起，你要不要活啊？"

她们终于知道，梦，是一种天谴，是最沉重的轭。

13

编辑常用术语：原稿、发稿、校稿、回校、完稿、打样、清样、清版、蓝图；细明、仿宋、粗圆、平二中黑、粗明长一、楷体、淡古印……版型、书眉、天地、卷名页、书名页、蝴蝶页、大标中标小标、版权页、夹页、广告页、三批、全十、内文、页码、页序、落版……封面、封底、出血、书背、耳朵、腰封、级、体、台、令、开、刷、骑马钉、胶装、穿线胶装、雾光、蛋白、平凹、PS；ISBN、CIP、条形码；齐头齐尾、左右各空一行、直打、横排、字数、行数、字间、行间、急、特急、急急急、Printed in Taiwan……

沙漠的明天还是沙漠，别管吧，让我们来一个快乐的结尾。就用这些烦死人的术语，写一首情诗献给我的文化劳动界伙伴——编辑们：

我的心出血

落版在三批的仿宋蝴蝶页

你粗圆的耳朵

难道没听到平二中黑的呼唤

啊！今夜非常穿线胶装

淡古印的月　蒙上雾光

思念的版型　左右各空一行

我仿佛看见蓝图

与你齐头齐尾　直打横排

躺在版权页上

叫天地为我们清版之后

写上 Printed in Taiwan

作者补记：

发表整整十年后，这篇被喻为编辑必看而且列入辞职时移交清单的"苦水经"终于有了落脚处。数不清被问过多少回这篇文章的下落，听过多少次有人影印全文贴在布告栏、放在老板桌上；在我的书写经验里，从不曾有一篇文章像这篇，被一群志同道合却也同病相怜的人传阅，引发叹息、伤感之后，又伴着他们打起精神继续走漫漫的编辑长路。

如果，真能安慰我的编辑朋友们于瞬间，那是我至高无上的荣耀。十年前我写这篇文章，唯一念头就是要与编辑同行打打气、握握手、彼此鼓舞。不管十年前还是十年后的今天，我依然认为，这个社会欠编辑一个拥抱。

他们俩

从前，有个不可救药的乐观主义者——由于他的顽固，我们姑且叫他"老乐"。总之，老乐破产了，而且破得光溜溜。由于他天生丽质，脸部肌肉丰腴富弹性，无法负荷"眉心深锁"这等高难度的动作，只象征性地用力将两条毛毛虫似的眉毛聚拢，让它们接了吻，但不超过三秒钟，其皱褶亦不足以夹死一只有厌世念头的蚊子。他很快被一种类似轻微触电的麻酥感抚慰，以快乐的企鹅舞步跑进本市最昂贵的法国餐厅，点了一客"生猛"大餐，他充满自信地说："弟兄们，把所有带壳儿的海鲜给我端上来！"老乐相信，总会吃到一两颗珍珠的。

从前，也有个顽固的悲观主义者——由于他的不可救药，我们姑且昵称他"老悲"。总之，老悲发财了，可能天上的财神为了补偿他所受的苦难，或是受不了那张像捕蚊灯到处夹死快乐蚊蝇的皱褶脸，拨下一笔丰厚的财富替他整容。可是，任何医术高明的整容诊所，一看见老悲，马上挂出休诊牌——谁能把炸得油脆的春卷皮摊回原样呢？老悲闷在家里，对着一堆金山银矿发愁，他的皱褶脸因这桩意外的痛苦而抽搐得更厉害，渐渐像一把炸骨扇子。他周遭的亲朋好友莫不替他感到兴奋，伸出垂涎的长舌朝他谄媚地吠着。老悲卡了，觉得人生是一出导演与观众串通起来凌虐演员的戏！他终于决定在罢演之前，解决那堆披着财富外衣事实上是极力耻笑他的道具！

铁板烧上，只剩最后一粒蚝了。老乐回头看看站在身后的两名面带微笑的侍者，他们结实富弹性的膀肉裹在袖子里，带着一种按捺不住的冲动。老乐掰开壳儿，伸出红肿的舌头"咻"地吸入，鲜嫩的蚝肉滑到喉头就停了，他已经吃到凡人做不到的境界。老乐擦着油汤汤的手，问："你确定所有带壳儿的玩意都在这儿吗？""嗯。""没骗我，嗯？""嗯。"

老乐撕出一根牙签，剔得喳巴喳巴，趁他专神搞牙齿，其中一名侍者以舍身救人的手势收走其余牙签。老乐带着微醺的满足，温柔地、慢悠悠地说："烧得不错，可惜——货不实在！我看，自贵店开张以来，我是第一个说真话的吧，不容易啊，花了我老半天的工夫……"接着，以非常权威的口吻下结论："现在，很明显，你们只有两条路：第一，给我一份工作，职位由你们定，我不坚持，啊！（老乐习惯性以'啊'字加重语气）第二种，程序上比较麻烦，但也不是无法克服：送我上警察局。不过，我有个小小要求，得送到有躺椅设备的，我现在迫切需要打个盹儿！"

当老乐嘟哨第三声响嗝时，餐厅的经理基于保护其他海鲜的责任，非常睿智地选择第二条路。老乐虽不同意，但可以接受。他礼貌地对两名侍者说："麻烦二位架我起来，我撑得极困难！"老乐被架出大门后，一路称赞左右护法之孔武有力，并为他们被大材小用的处境深感同悲，开始发表对这家餐厅经营不当及瘦子经理待人不够厚道的卓见，建议他们趁早转行，并传授青年创业十大秘诀。三人在小公园的树荫下，密谈辞呈的写法，激动地抽光一包"百乐门"烟。

老乐从酣畅的午眠醒来，天黑了一半，小公园居然连半条溜达的癫痫狗都没！其实，黄昏时候曾有不少人畜企图在老乐附近哈凉，都因受不了他那足以蒸熟三笼小笼包的鼾声而自动走避。当老乐被自己的大哈欠感动，流出快乐的薄泪时，他看到一个瘦了吧唧的男子拖着一袋疑似垃圾的玩意儿向公园走来。

老乐捡起一根稍长的烟蒂，浑身摸索一阵，朝他喊："嘿，老兄，借个火吧！"

老悲，当然是老悲，宛如关西摸骨，以认错的态度晃两次脑袋。老乐拍拍座椅，示意他过来坐下。

"什么玩意儿？看起来挺重的！"

"垃圾。"老悲哽着喉咙说，仿佛千里马终于碰到伯乐，语气难免掺了点撒娇味。

老乐行侠仗义的瘾头犯了，开始剀切批评任何有良知的人都不应漠视一个孱弱男子负荷如此沉重的垃圾袋而不伸出援手。最后，用力拍了老悲的大腿："我以胃里的蚝肉起誓，我替你把那堆废物扔进垃圾箱！"

老乐英勇地扛起布袋，虽然沉甸甸的废物差点闪了救生圈般的腰肢，但为了在见证者面前完成神圣使命，依然前仆后继朝垃圾箱挺进。忽然一个踉跄，老乐狗趴式扑在袋上，无数叠簇新的大钞蛊惑他的瞳孔，他第一次发现老蒋长得怪英俊的。

他惊讶地回头搜寻老悲的踪影，看见老悲正以瘸腿狗般的快乐舞步逃逸，老乐涌上有生以来的第一次自责：刚刚，他实在不应该拍痛老悲的大腿！

最后，如我们所知，品格崇高的老乐把数百万元大钞悉数捐给"慈济功德会"，在梦中。

三只蚂蚁吊死一个人
——谈挫折

一只红蚂蚁，一只黑蚂蚁，一只白蚂蚁；架起它们的天线，穿好行军靴，排成一路纵队，踢着漂亮的正步，誓师讨伐。

三只蚂蚁雄兵，寻找一处名为"人"的肉体丛林，开始挖战壕、修栈道、布设地雷、搬运粮草，依人体结构划分游击战区，它们非常聪明地把总司令部设在头发地带（如果那个人不是秃头的话），在举行简单而隆重的升旗典礼之后，随即互授军阶，分派突击任务、成立后援小组。当这些事都依照时刻表完成时，天色也晚了，它们象征式地拿几滴毛细孔内的余汗擦个澡，夜来扎营于耳朵内。它们轮流当卫兵，以防人的指头突然掏耳朵此种颠覆的阴谋。如果一宿平安，第二天准时吹奏起床号，集合报数、点名喊"有"，一起做蚂蚁体操，呼个口号。

三只蚂蚁不打仗的时候，喜欢围坐一圈，读《南柯太守传》传奇小说，它们允文允武，以儒将自许。当高声朗诵到"中有小台，其色若丹，二大蚁处之，素翼朱首，长可三寸。左右大蚁数十辅之，诸蚁不敢近,此其王矣"时,必同声悲叹、痛哭流涕,不能自已。它们矢志为蚂蚁帝国失落的光荣传统献出热血,以一己为牺牲,图万世之大业。它们的兜儿里都揣着蚁王的正面半身御照,晨昏定省,以示服膺领导。当黑蚂蚁目光炯炯,逼视同袍说:"这是一个非常的时代,一个救亡图存的时代……"两只蚂蚁不禁悲伤地俯首,遥想家乡的小蚂蚁子孙正濒临断粮危机,嗷嗷待哺地等着它们掳回"大虫"以熬过寒冬。两只蚂蚁捶胸顿足,忍住眼泪,与黑蚂蚁一起又呼了个口号。

挫折像英勇的蚂蚁兵团,以缜密的作战计划,单点突破,化整为零,逐步展开:头发之役、眼泪溃堤、极机密嘴部坚壁清野策略、手脚大捷,并且运用心战喊话,使名为"人"的这只大虫突破心防,自动倒戈,撞墙抹颈割腕,一时三刻昏厥过去。胜利的时刻终于来了!三只蚂蚁扛着敌人的躯体,踩着漂亮的正步,浩浩荡荡朝着蚂蚁国的康庄大道前进——事实上只有两只蚂蚁扛人,因为必须有一只蚂蚁在队伍前面打起胜利的旗帜;它们经过激烈且复杂的猜拳才达成协议由黑蚂蚁掌旗——它们顺便决定凯旋时不呼口号,改吹口哨。

挫折就是这样,叫人死不了,活着又不爽快。好比春花浪漫的季节里,早晨醒来,发现身上的薄被爬满蚂蚁。在你还没有惊叫之前,它们已经为丰盛的早餐做过祷告了。

挫折不单独来,它带着子子孙孙一块儿来。被三只小蚂蚁扛走的人,似乎只有两条路:成为俘虏,或反败为胜毙了它们的蚁王。

挫折饥不择食,只要是内分泌正常,带人味儿的,全是三只蚂蚁搬运的对象。管你帝王将相、贩夫走卒，管你美若西施、丑若嫫母，它们全看上眼。若有人说打从出娘胎到现在，不知道蚂蚁这小可爱的，必是瞎掰；说活到这把岁数没经过挫折的，除非石人木心。那就对了，三只蚂蚁的气力够吊死一个人，当挫折来时。

要我翻账本儿，查查挫折这笔开销，说真心话，有那么一点难。好比考我哪块蛋糕哪片饼屑曾招过蚂蚁，八辈子也想不起来。我一直处在挫折之中，日久生情，把眼睛也瞧顺了。对走到哪里蚂蚁队尾随而至的人而言，没那等闲工夫赶它们的。

自从我练就半游戏半认真的人生观之后，人生道上的枯木漂石、鼠屎蟑螂鞘，随它们爱来就来，爱去即去。情感受创、事业多磨，也不过像一锅好汤漂了一粒蟑螂屎，舀掉它，汤头还是鲜得很。遇人不淑、怀才不遇，加点破财消灾，也犯不过扯肺动肝拉一摊鼻涕眼泪。照我的老法子，蚂蚁舔过的甜糕我一样吃，如果它们很慈悲留给我的话。

挫折，是我道上的朋友。当然，这是经过多次被莫名其妙扛进蚂蚁窝之后，才换帖的。

在我还没有认识可爱的蚁兽之前，那是我这一生中最金碧辉煌的岁月。我相信必定有几位长翅膀的仙女成天无事可干，扇着小翅跟着我在乡村的每一条路上飞来飞去。我甚至以为，过于奇妙地躺在稻梗上模仿云朵的姿势，或眯着眼睛摇头想把世界全部晃成绿色这种傻事，必定是她们促狭着哈我的脚丫才使我变得如此快乐，莫名其妙的快乐。我至今想起那些短暂的时光仍会心痛，因为人不应该那么无邪地快乐，它的消逝，意味着仙女们的早夭，因为我不小

心误跨人世的门槛，不得不开始早熟。

从此以后，快乐像乞丐碗内的剩饭残羹般值得感恩，因为，挫败与痛苦才是我们本分的粮食。

意外。总是意外。在我生命历程里的挫折事件从不肯慢慢撒苗、冒芽，以让我储蓄应变能力去挡它。它们突然发生，一次来临足以崩垮我所依循的秩序，逼我不得不从废墟中捡起碎成片儿的自己，离弃旧土，再找一处荒野，打桩砌墙安了身。我总是清楚，这一走便永远回不来了，那儿的风土人物与故事，都将成为储放记忆的抽屉里的碎纸头、破画片，以及不能再咬住什么的回纹针。

如果历经挫折也像蛇必须蜕皮的宿命，我猜想我所蜕的皮够织一条拼花地毯吧！

但是，人不应该过度炫耀自己的痛苦，因为任何一条街道的拐角仍躺着比我们更痛的人。能够正常地一肩挑起自己分内的破败玩意儿，毕竟是一种福气，有些人遭遇到的袭击，压根儿非他能力所能负荷；譬如有着五十公斤肩力的人担四十公斤石头，与有着十公斤肩力者挑二十公斤担子，哪个重呢？

我这样子看挫折，渐渐把它当作修行。

人生的结构，也像月之阴晴，草树之荣枯，一半光明一半黑暗。我们之所以容易受伤，乃因为在尽情享受美好的一半之后，更贪心地企求全部圆满。我们并不是不知道这个道理，却习惯在挫折来临时怨声载道，仿佛受了多大的冤屈。人是追求完美的动物，而完美只是激励人怀有向上意志的信念而已，人生的基础结构无法得出完美。

挫折的来临，有时象征一种契机。它可能借着颠覆现行秩序，把人带到更宽阔的世界去。它知道人常常不知不觉地窝在旧巢里拒绝变动，久而久之成为瓮内酱菜。它不得不以暴力破缸，让人一无所有，赤手空拳从荒芜中杀出生路。当他坐在新庄园品尝葡萄美酒回想过去的折磨，他会衷心感谢挫折，并且不可思议自己为何能在那只酱缸窝藏那么久！

挫折，开发了我们再生产的潜力。我已经不再觉得被崩垮的故事与人物，有什么值得眷恋的地方，这种看来相当寡情的性格，根源于对人生有了更开朗的看法。过去的，好比一张被雨淋湿的旧报纸，不需要再背诵新闻内容，更犯不着以体温烘干冷湿的纸张。我但愿自己永远保持一种自信：现在拥有的比过去任何时刻都丰盛。

所以，三只蚂蚁背着绳索在我背后蹑手蹑脚的时候，我起了愉快的游戏心情。它们以为寻获了庞大猎物，流露出不懂得节制的快乐；我暗算它们将扛我到更曼妙的世界去，同样流露出过于猴急的表情。

反正，我已经被绑架许多次了，知道什么样的姿势有利于打包。反正，我已经无可救药地寡情了，当然不会捧着人生里的古董珍玩增添蚂蚁们的负担。它们喜欢绑我就绑吧，有时候不妨学习视一切如粪土，连牙刷也不要带。

三只蚂蚁像军人呼过伟大的口号之后，又激烈地猜拳，这时间够我在它们胜利的旗帜"战俘一名"底下填写自己的名字。当它们达成协议又经过热情的握手礼仪，终于发号施令："一、二、三、四，左脚、右脚、前脚、后脚"一面踢着漂亮的正步，一面抽出天线，收听广播电台是否播报三只蚂蚁吊死一个人的新闻号外。

它们过度兴奋以至于不曾发觉，扛着的那个人正在打呼，尾随在后的仙女们扇着小翅膀，把七彩的鼾泡扇到天空，三只蚂蚁误以为远方蚁国正为它们的胜利施放烟火，非常感动地朝着鼾泡行举手礼，又激动地呼了口号。

一只萤火虫把夜给烧了

喜剧,乃是黑夜一般的人生旷野上,突然飞出的一只,萤火虫。它天真地认为,靠尾巴的小火可以把黑夜给焚了。

我没什么喜剧故事。自从信仰悲哀与无常的人生架构之后,喜剧恐怕不是我的主要情调了。

所以,我说它像萤火虫,愈小的孩童可以一瓶一罐地抓,抓到嫩嫩的小手掌变成透亮黄水晶也不稀奇,玩腻了,慷慨地放它们走。人到中年,或许只剩可怜的一只,像忽明忽灭的灯泡,合掌拘了它,贪看流光又怕不留神飞了它。到了老年,轻罗小扇早朽了,所有发光的东西都成了煤渣。

一向对悲剧讯息的接收能力强,虽然行年尚未老迈,对人生路上的散光余芒早就不信任。什么时候开始失去憧憬喜剧的心?艰难翻出一件明确的纪事,可能源自天生本性。有些人见到花之未落、月之未缺,却预备了流水心情,伤逝的新芽总是在春天埋伏。悲剧可以引领我们到悲哀巅峰因着人的无辜而流下干净眼泪,把生灭常变的生命看得更清澈些。悲剧也可以使我们与古往今来的人有了一种"亲密联系"，仿佛我正在排演他们演过的戏，而在我之后的人终有一天也会轮到。我常有一种感谢的心，当阅读、聆听别人的悲剧故事时，感谢他们认真地演出，使我更清明地体会人生的真谛，进而也期许自己能好好演出自己的人生剧本，让未来的人拿到同样的剧本时不会惊慌失措，因为在不能篡改的悲剧戏码里，我们曾经无形地拥抱过。

相对于悲剧而言，喜剧是一种暂时的解放。我甚至不愿意使用"喜剧"这两个字，宁愿称它"悲喜剧"。对生命而言，喜剧可能是形式，悲哀才是内容。那些撰写喜剧的作者，必定怀有悲天悯人的胸襟，既然人生苦苦，何不找出个山洞，大伙嬉笑一番，暂时把等在外头的豹狼忘掉，说不定能激励向上意志，信仰人生仍有光明与圆满。因此，如果要抵抗生命的悲哀本质，喜剧是最具有叛逆力量的。

虽然这么说，基本上我也赞成每个人都应该培养一种类似兴奋剂的心情暂时回避漫长的悲哀。但，这不能叫"喜剧"，恰当地说叫"喜感"，因为"剧"的完成牵涉过多人事，非我们能够自编自导自演：喜剧必须是一个完整的故事，一群人物在一段时间里相互摩擦出复杂情节，最后完成令每个人都大致满意的结局。如此简单的定义，如此困难的工程。而"喜感"却可以自主地在刹那间完成，借用的外物俯拾皆是：一封情书、一则情色笑话、一条报上的新闻、捡到一块钱、看到一个长得像犀牛的人、意外的生日礼物、爱炫耀财富的邻居驾驶着宾士车与我擦身而过时爆了胎、朋友用老板的名字命名他的狗、一个魁梧男人的肉球般膀子上刺着"阿珠我爱你"而我开始偷笑他一定用另一只膀子搂别的女人，诸如此类。"嘻！"我常发出这个音，很快地坠入快乐的蚕丝里，乐得轻飘飘。这些欢愉的片刻无法与人分享，它们属于一次性消费，像牙签一样。只有痴傻的人等待圆满的喜剧降临，我不存这个心了，凭自个本事酿造喜感，快乐一下，偶尔笑得花枝乱颤。

"嘻"就是这个单音，类似胡椒粉跑进鼻子的瘙痒感觉，然后放肆地朝这个世界打喷嚏，调皮地想象世界在你的喷嚏中粉碎。

悲剧仍然管理着生命，可是我们不妨随时抓点题材制造乐趣，别一张苦瓜脸混了一辈子。乐些吧，久而久之居然长出一株不合逻辑的蔓藤类思维植物，反绑了悲剧之神的手脚。

一只萤火虫当然不可能把黑夜烧光。

但，有一只萤火虫认为黑夜是被它烧焦的。

大忧大虑

咱们老祖宗撂下一句话："人无远虑，必有近忧！"吾自幼愚鲁过人，四书五经倒背如流，倒背如流的时候嘛，"忧近有，必虑远，无人。"嘿嘿，我正面背不住嘛！甭提别的，这道理老梳不顺，到底忧了近的，必得虑远的；还是有远虑就省了近忧？这且不管，咱们老祖宗可真聪明——你想，不聪明他能当咱们老祖宗吗？他把咱们现代人的脾气摸得熟透呐！怎不熟？没熟能吃吗？

打良心说，这忧虑还真管用哩！您瞧！红红的太阳挂在天上，一朵白云飘过山。万里晴空一朵云，好风景！不好。我说，衣裳收了没？收了。老狗拴了没？拴了。鸡鸭牛羊圈了？圈了。锅勺碗瓢搁了没？搁哪儿？搁地上嘛！您没瞧见地上画好多记号。哟！您快瞧！它真给我料到，它下雨喽！咱搬把小板凳，往门口一坐，耳边儿稀里哗啦，嘴边儿呼噜呼噜——咱呼烟赏雨嘛！多称心啊！您问那锅勺碗瓢干吗搁地上？这，不瞒您说，老屋子嘛年久失修专漏点小雨。您问干吗不修它？嘿！我干吗修它？锅勺满水怎办？嘿！我往外泼呀！屋顶漏窟窿怎办？嘿！我早料到喽！您瞧，伞在这儿。

这忧虑到了现代人手上，套句老祖宗的话壳子，变成"不患人之不己忧，患己之不忧人；不患人之不己虑，患己之不虑人。"翻成白话是：不怕人家不忧咱们，怕咱们没忧人家；不怕人家不虑咱们，怕咱们没去虑人家。说得省事儿点，不怕人家没惹毛我们，怕我们没惹人家的……没惹毛人家。

有例为证，我有个世伯，做营生的，白手起家，东奔西跑南来北往，钱也攒了，老婆"大小"齐全，儿子"好歹"一窝。人生至此，夫复何求啊！不，他老人家把胃给搞垮了！您想，胃搞垮了还能吃香喝辣吗？找医生，医生说：张董，您得细嚼慢咽！那怎成，我应酬多，光是家常便饭一天六餐。六餐？大小老婆通吃嘛！

医生说，这么着，您每吃一口饭自个儿心里数，数十下才吞，包管您不闹胃。这回他听话了，果然半月不到胃就乖了。

我这世伯人无远虑必有近忧，从此立下家规，每吃一口饭必嚼十下方可吞，违者休分家产。

"大宝，再嚼三下！"

"老三，还欠一下！"

"四宝他娘，十二下了，吞！"

果然半月不到，一喊开饭只他一人上桌。怎啦？还能怎啦，全溃疡了。

话说这忧虑也分大小，您比方说吧，核电厂盖不盖，这是小忧小虑。怎么不是小忧小虑？一小撮人去忧就够了嘛！民主社会咱们老百姓最大，大人物还忧小鼻子小眼睛这像话吗？什么算大忧大虑？您听好，张家的土狗有没有惹陈家的圣伯纳犬啦，李家的媳妇芝麻绿豆有没有分开放啦,你说这不值得忧?您没听见老祖宗昐咐的"民吾同胞,物吾与也"嘛,芝麻多贵气呀!

我有个远房表姊,她可真是大忧大虑。这几日大雷雨,她摇了个电话给我。

"猴崽儿,这雨下得没分寸,宜兰县冬山乡冬山河东南六里那座桥恐怕冲垮了吧!"

"好姊姊,您放心,没事儿!"

"你怎知道没事儿?呜呜呜,我命苦!"

您瞧,多大的胸襟!她家住宜兰?不,她住台北。娘家在宜兰?不,也在台北。她打出娘胎没去过宜兰。她一年前看连续剧知道有座桥的。您问我垮了没,到底?没垮没垮,我……我摇了个电话给冬山乡派出所。我闲着也是闲着嘛!

您甭说别的,昨晚,我那表姊又摇电话来,嗬,那个哭劲儿!

"呜呜呜,猴崽儿,阿娇搞了个老男人,呜呜呜,好端端的闺女……"

不是,阿娇不是她女儿,我表姊不作兴生女儿;阿娇是她早觉会认得的李奶奶隔壁家王大妈的女儿。嗬!不关她的事!您懂不懂不患人之不己忧,患己之不忧人?我表姊慨然以澄清天下为己任,先天下之忧而忧,后天下之乐而乐,您懂个啥?她自然也有乐的时候,别人跟着忧,她就乐了嘛。

您等会儿,电话响了。

"喂,嘿!表姊您早哇,猴崽儿我啦!"

"猴崽儿!男人坏,男人专偷腥!嗬嗬嗬……"

143

"莫哭莫哭！您稳着点儿，我马上报警！"

我表姊来电话，男人偷腥嘛男人坏嘛！您问我表姊夫偷腥？不，不是他，他没这本事，他死了好多年啦！我这表姊夫真是神算，他死前拉着我表姊的小手：

"阿妹！年头不像样，野男人都出笼了，你能走大路，就别走小街，能走小街，就别穿巷弄啊！"

您给瞧瞧，生年不满百，常怀千岁忧，还真给他忧到咧！还有谁，巷口卖豆浆的老王嘛，当着大伙儿的面送我表姊一副油条不收钱，我表姊嫌它老。

远的不说，我对门的张太太也是个大忧大虑的女杰。前阵子，做老公的孝敬老婆，订了票上剧院看芭蕾。衣衫革履，珠光宝气，啧，多光鲜哪！招了出租车往前开，过第一个红绿灯：

"不成不成，回家！"

"怎啦？"

"我忘了锁门！"

下车，锁门，上车，得。过了第一个红绿灯：

"不成不成，往回开！"

"怎啦？"

"我忘了关瓦斯！"

下车，开门，关瓦斯，关门，上车，得。又过了第一个红绿灯。

"呀！不成不成啦！快回家！"

"又怎么啦你！"

"我……我忘了穿鞋儿！"

这整晚就看到一辆出租车在舞芭蕾。

光说别人，说说咱自个儿吧！不瞒您，我挺羡慕人家多忧多虑的。您说没忧没虑没烦恼，您这么说不招人笑话吗！您问我有啥忧虑？不早说了吗，吾自幼愚鲁过人，说真的，我到现在还在忧虑为啥我没有忧虑的事儿呢！

肉身启示录

谎言是最温暖的

我永远忘不了那个带来灾难的中午。

照例，我的办公桌上摆着"便当大王"鸡腿便当，旁边依序是一瓶优酪乳、一粒脑袋瓜般大的泰国芭乐，最后是八粒健胃整肠的"表飞鸣"。时间是中午十二点又二十分，我像一到固定时刻就自动发誓的学生，扫描桌上的语文、数学、自然……作业，发誓今天一定要把功课做完。于是，一鼓作气打开保丽龙便当，一只卤成蜜褐色的大鸡腿以煽情姿势趴在白饭上，好像歌舞团里穿洞洞袜的舞娘。我叹口气盖上便当，呆呆听着旁边传来清脆的吃饼干声。

她，我的同事，正专心看影剧版，右手像插了电的机器手臂勤快地将苏打饼干往嘴里送，一下子去掉半包。我跟她是办公室里最焦虑的两个人，她每天选择在出清存货、剥光衣服时上磅秤，严格监视指针"痉挛"的幅度；我喜欢饭后称体重，只有这时候指针才会快乐地抵达四十二公斤。

那是我决心增胖的第三天，由于前两天失败，在当天必须吃光大鸡腿便当的压力下使我毫无警觉地说出不可原谅的话："欸，你干脆把你每天吃的'饲料'列一张清单给我，我看你轻轻松松就胖得好快！"要命的是我又用愤恨的口气说下去："上帝真不公平，为什么有人连呼吸都会胖，有人再怎么努力还是瘦，你知道吗，瘦是很痛苦的！"

突然，她翻出死鱼般的眼珠瞪着我，当我警觉自己失言试图转圜时，来不及了，只看见"一坨"浑圆的臀部快速扭动，消失在"砰"然的甩门声中。从此，我不仅失去一个朋友，更多了一个敌人。

相信我，永远不要在女人面前提"胖"，哪怕她笑呵呵承认自己"胖得连睡觉都翻不了身"，你也不要附和，在逼不得已要对她的身材发表意见时，尽量使用"丰腴之美""雍容大度""福泰之相"。

唉，在追求真相的时代，谎言才是最温暖的。

一切都为了"圣母峰"

起初，事情很单纯。

在物资匮乏的农业时代，女人固然也爱揽镜自照、临水端详，但鲜少埋怨自己太胖，反而巴望更加壮硕。丰胸圆臀俨然是美的标准，但绝不是为了观赏用，乃为了在农渔牧生产及人丁兴旺的繁衍事业中发挥实用效益。那些没事便聚在庙口大树下闲嗑牙的大伯婆、三叔公，打老远就能从黄沙滚滚中一小点人影的走路姿势，掐算她是"六男四女、田园十甲"抑是"膝下无子、克夫败家"的婚姻运途。

于是，你可以从阿嬷口中倒推一幅画面：摇晃的五烛光灯泡下，一个女人坐在板凳上，擒筷追赶满桌剩菜残羹，拣光盘中的每根菜梗、每块碎骨，嚼得齿牙铿锵、唾液汹涌，最后索性端起盘子，连汤汁也"咻咻"饮了。为了什么？为了养一副地母身躯以增产报台。

我们忍不住浮出泪花回想这一幕，在女性身体觉醒史上，那是酱瓜色的"牲口时期"。

后来事情开始走样，随着口袋里的国民所得逐年增加，一辆辆插秧、收割机快乐地在田野间奔跑，女人终于可以松一口气，在竹仔脚从容地掏出"天然的尚好"的自动奶瓶喂哺婴儿，或在成衣厂轰隆的车衣声中聆听收音机内正在介绍纯中药制成的姑嫂丸。

一方面，像遗传密码般，女人的胃口继续保持"牲口时期"对粮食的亢奋情绪，但因失去大量体力消耗的机会，于是像攒私房钱一样，脂肪层渐渐厚了起来；另一方面，钳制女体美丑标准的那一套魔咒，吃饱饭没事干，开始眨巴着色眯眯的眼睛，搜寻丰满的酥胸、浑圆如蜜桃的俏臀，把一双眼睛看得炭火般红。如果你曾经面对墙上从一月到十二月都是穿着比基尼的美女月历写功课，你此刻不难忆起家家户户都把清凉月历挂在客厅，宛如酬神供品的情景。而如果那一户恰好有小男生，你更会发现每位美女身上都被戳了三个洞，形成那年代最流行的性教育。

女人的压力来了，她很快发现脂肪这玩意儿像调皮捣蛋鬼，叫它待在楼上，它偏偏喜欢到处兜风，就是不肯到楼上那两间房间"身心安顿"。于是，奉天承运广告诏曰：×桃牌通乳丸，一时之间"愚公移山，精卫填海"运动唤醒每一个有自卑感的女人投入建设行列，矢志让"圣母峰"穿透肥脂、高高地耸立在世人面前。为了帮助女性抵达一切的峰顶，道具多了起来，吃的、吸的、戴的，五花八门在女人身上盖违章建筑。一个恶作剧的小男生用橡皮筋把阿母的胸罩扎成皮球状，用力一甩，居然弹跳甚高。唉，那玩意儿本是为了抵挡地心引力的防弹衣（防止剧烈弹跳），曾几何时变成导弹演习！

城市里敢作敢为的女性爽快多了，干脆找整形医生。没多久，果然挺着"硅谷"（两个硅乳之间必有一谷）晃来晃去，好不得意，仿佛女人的脑容量已下滑到那两团肉球里。

那真是个忙碌的年代，男人找密医"造势"，女人一天到晚想"登峰造极"。

曲线完雕的时代

现代生活中，处处埋伏打击女人身体信心的狙击手。每一季流行服饰以 one size 帮你体检，在明亮光洁的穿衣镜前，你就算"死鸭子硬嘴皮"也不得不承认，同一套衣服穿在塑胶模特儿身上如此迎风飘逸，套在你身上怎么……怎么……那么像"义美肉粽"？另一种人在 one size 戒尺下也是伤痕累累，不幸"先天不良、后天失调"的"平脯族"女性（胸脯平坦者也）在试穿衣服时，勤劳的店员小姐会搬出垫肩、垫胸等"海绵组织"美化你的视觉（你真想发给她一块匾，上头写：恩同再造）。流行服饰设计师的脑袋里在想什么值得研究，他们在每件衣服内夹藏垫肩，暗示女性"只有某种标准身材才配穿这件衣服"，衣服穿人还是人穿衣服？可笑的还在后头，如果是寒冬，你要出门赴约，穿上垫了肩的衬衫，垫了肩的毛衣、垫了肩的西装外套再加上垫了肩的大衣，往镜前一站，吓！好一个双肩高耸的三军总司令！

在我们蜗居的都会，企图将"女体规格化"的阴谋无所不在。影视版以煽情照片大幅报导脱星要大家注意她的演技不要盯着她的身体；女性杂志用悄悄话口吻告诉你身体某部位"一瞑大一寸"之后，他如何欣喜若狂；华洋杂处的写真集提醒你失去青春、弹性、曲线等于失去爱情；连巷口的摊贩都以"波霸珍珠奶茶"讥笑你那走样的身体。长期处于神经战、疲劳轰炸中，于是，十个女人有九个半承认自己的身体是瑕疵品，有必要进行"老厝改建"。你若问她们理想中的身体是什么模样，大约不脱明星、模特儿加上选美协会公布的标准。这真是令人愤怒，为什么拿别人的尺来量自己的身体？为什么不从自己身体的发展史来评定现在该有的样子？假使连看自己身体的眼光也要向别人借，那么女人的身体与心灵永远是独裁者的殖民地了。

唉，也许一切的阴谋就是希望女性在三围争霸战中忙碌一生吧！

虽然很刺眼，我们还是接着谈谈"肥"这个字吧。

既然二十世纪九十年代以后，像流行疾病一样，大部分女性得了"肥胖焦虑症"，那么在二十世纪八十年代居主导地位的瑜伽、韵律操等以运动、健康为诉求的机构瞬间被塑身美容中心取代也就不足为奇。在年度广告预算达数亿元的宣传暴力下，业主成功地动员各阶层女性，一改过去以年轻小姐为主客层的惯例，你开始看到广告片里，年近五十的女主角用闽南语诉说以前忙于家庭、孩子，没机会好好疼惜自己，现在孩子大了，该多疼自己一下，而××塑身中心让她觉得更年轻，更漂亮。

于是，在"最佳女主角换你做做看""做个让男人无法一手掌握的女人""Trust me, you can make it"的口号声中，事情变得复杂起来，"肥胖焦虑症"者不只要寻求减肥之道，她们的志向远大起来，要塑身，不惜浪掷千金要定做一副魔鬼身材，哪怕是"肉崩"多年的老女人、不满腹藏两桶战备油的中年女人或是大腿可以跑马的上班族、尚在就学嫌自己是"太平公主"的年轻女孩，携手轰轰烈烈踏入塑身中心的大门。

唉，爱情跟塑身像两盏白花花的灯，让女人飞蛾扑火。

为了对付上百亿的脂肪细胞，各个瘦身美体商品无不使出浑身解数。瞧瞧这些名堂：会思考的瘦身圣品、纤体精华露、燃脂瘦身咖啡、健康减肥茶，还有看起来像香肠灌制厂的"醒肤、排毒、化脂、紧实"一贯作业塑身课程。这得花不少钱吧！钱不是问题，现代女人多多少少有一定的经济能力。

是不是该在追求曲线完美的潮流里讴歌"女体觉醒"时代的来临？恐怕还太早，只要那套女体规格化标准还阴魂不散，阻挡每位女性去观察、阅读自己身体的发展史并且从中发现美之所在，觉醒之路仍属遥远。

肉身是灵魂用来探险的船，胖的人像航海战舰般沉着稳重，瘦有瘦的轻盈，似云端小凤帆。只要精神科心脏胸腔内科大夫认为你没问题，何不站在镜前，重新观赏这尊独一无二的肉身艺术，把它当作大师最满意的雕塑品。

套句广告词，Trust me, you can make it。

作者有感：

　　光阴荏苒到了二十一世纪，重看这篇文章感触有二：一、八年前此文预告女性进入肉身十大建设时代，堪称小有见解；二、现今，女性肉身建设未因政党轮替减缓脚步，反而追加预赛、扩大编制、加紧进行，可见百无一用是作家，呼吁无效。

难以启齿的生活

大哥大时代

刚开始,事情没那么复杂,你只不过发现半条商业街的上班族流行佩戴"哔哔扣"——男生别在腰际,女生比较含蓄,放在随身背包内。你渐渐习惯在电话簿上除了登录朋友的公、宅电话外又追加哔哔扣号码,一串阿拉伯数字好像小蛇们的园游会。你也习惯在咖啡馆谈得兴高采烈时,忽然四处哔哔乱叫(仿佛母鸡的冤魂回来了),同桌的客户或朋友,纷纷检视腰侧的黑色方形"小器官",深情地按下,迎着光线辨识来电号码,陷入思索。你看在眼里,觉得那模样像在看验血报告。"对不起,我回个电!"那人离桌,好不容易打完电话回桌坐下,哔哔哔,又来了,"公司找,我先回个电,对不起对不起!"如是数回,咖啡凉了,话题忘了,交情……大概也没了吧!

所以,大哥大的时代来了。

我们还是再缅怀一下"哔哔扣"吧,长得那么像炸焦的鸡块,还会发出呼唤声，虽然不算悦耳，但整体来说颇能激起想象的乐趣。想想看，它逼迫多少人每天出门前一定备妥铜板，以防必须打公共电话回电时身上断粮，还得找便利商店买口香糖换铜板。还有，它教会很多人"履行回电义务"，从此戒掉敷衍、推托、消极等坏毛病，"有'扣'必回"成为"哔哔族"最高行动指导原则，要不然任何人都可以大声抗议："'扣'你不回电，带'哔哔扣'干吗？简直欺骗我们的感情！"一个腰缠"哔哔扣"的人，要是连续十天没人"扣"他，还有什么颜面活在这个世上？因此，他必须努力创造"哔哔业绩"，让腰间的小器官响个不停：在车上、电影院、高速公路、厕所、餐厅还有偷情的床上。

"哔哔情结"就这么形成了，一方面抱怨它剥夺了失踪的自由，另一方面又偷偷享受从别人略带欣羡的眼光中获得的一种英雄感：你看，这么多人找我，他们需要我，不能一刻钟没有我。

自从"大哥大"来了之后，"哔哔扣"变成上不了台面的小卒，很快地被认为只有基层业务员才用它，社会的确翻脸无情，这枚风行不久的小器官就这么失去尊严。你还是会在电话簿登录朋友的号码，这次，你添了一行大哥大的。

第一代大哥大非常像不识字的土霸王，又笨又重，圈在手上，好像圈一把黑折伞，怎么看都不会引起别人的尊重。现在不一样了，大哥大塑身成功，机型轻巧时髦，折叠式的下巴轻轻一抖就滑出，通话完毕往上一收"剥"一声，非常干脆。想想看，什么人配得上这么性感的科技产品呢？他一定是精英分子、意见领袖、成功的企业家，他头发油亮，西装革履，常常上高尔夫球场及中正机场，家里养的宠物是名犬，不太可能是巴西小乌龟。

"哔哔扣"倾向男女通用，"大哥大"似乎以男性使用者居多。这一点，印证了它的命名及权力归属，做决策的一向是大哥，不是大哥身边的女人。

可是，如果我们认为手持大哥大的一定是意见领袖、企业高阶主管又未必过于偏执；对台湾人而言，钱不是问题，重要的是花钱买什么款式的"象征"。

南下的巴士里，忽然听到前座正在使用大哥大，是个男人，他的谈话内容是这样的：

"喂，刚过杨梅啦，下雨了，台中有没有下雨？……叫他到车站接我，……我看一下，还好，没塞车，三点半应该可以到，你叫他在家里等，我会打电话，肚子痛有没有好一点？好，我再打，再见。"

没多久，他再度使用，拨另一个号码。

"喂，有没有人找我？嗯，没事吧！好，小陈那边你去了没？去之前先挂个电话，他常常不在公司，签单要记得带回来。我明天就回来，好好好，再见。"

没多久——也许打一个呵欠的工夫，他又拨了。

"喂，肚子还痛吗？没下雨了。蛋糕订了没？跟上次一样的？那家不新鲜，换一家。好好，小美在做什么？嗯，好，快到了我会打电话，你叫他在家里等。好，再见。"

在另一条往山坡住宅区的路上，BMW车内十分宽敞，男人一面驾驶一面用大哥大跟太太报告路况，旁边坐着他的同事，刚吃过晚饭，到家里泡茶聊天的。他吩咐太太准备茶组，把柜子最右边那罐优等茶拿出来,当然,还有烧水。

抵达最后一个红绿灯,他打电话:

"喂,我们到了7-11巷口,水滚了没?"

啊!大哥大带我们进入琐碎的、不安全感的生活。

婚纱照的归宿

从街头到巷尾,你不难发现垃圾堆,像农业时代乡间小路上的牛粪,一个飘荡江湖多年的浪子也不会迷路,他只要沿路嗅,就会嗅回自己的家。

垃圾堆当然只收留被丢弃的东西,没人会在理智清醒的情况下,把存折、印章、信用卡、车钥匙、房屋权状连同垃圾桶内的空瓶空罐、剩饭残羹拎到垃圾堆去吧!而且,到现在也没听过哪一个强盗集团专抢垃圾的,如果将来有,他们不但不会被处以重刑,可能还会当选十大好人好事代表呢。

有一堆垃圾吸引路人的眼光,一反掩鼻速行的习惯,大太阳下,有人撑着洋伞特地绕过来看一看,骑摩托车的也暂停,观赏几眼,带着难以分辨的表情扬长而去。

主要是些废桌椅及过期杂志、报纸组成的垃圾堆,看样子是整修房子或搬家,椅边竖着一帧巨大的艺术裱框彩色照,就是这帧照片让来往的市民流连不已,那是结婚照。

你一定喝过喜酒,通常在签名及缴交礼金处会看到用高架展示新娘新郎的艺术婚照,那一帧一定是无数婚纱照中最令新人满意的,才放大裱框公然在宴会现场迎接宾客。由于双方友人不见得都事先见过新娘新郎,也为了预防糊涂人送错礼金喝错喜酒,因此,那帧婚照大多是半身特写,连脸上的痣都看得出来,你大老远就知道往这走,签名、送上礼金、入席。

这帧照片通常会挂在新房,床头墙壁为正位,重古礼的还在旁边贴个"囍"字。

"关上房门,听着,你们给我白头偕老!"月下老人一定这么恐吓。这几年,他的脾气愈来愈不好。也难怪,听说去年每十六点五对就有一对离婚,显示他的业绩严重滑落,影响在天庭的升迁机会。他一度异想天开,想用瞬间接着剂把一对对夫妻黏得死紧。

照片中,新郎有一股英气,两眼炯炯有神,仿佛眺望着未来人生中的峰顶,那是个伸手即可触摸蓝天温度的境界,众鸟停栖,音乐的盛宴夜以继日;新娘媚如春季遍野的鸢尾,但含着笑意的嘴角有一抹天生的执着,看来不是顺水推舟、随波沉浮的人。

路人的心里想什么呢?也许懊恼自己当初为了省钱没拍婚纱照,也许徜徉在照片中的甜美时刻而遗忘自己,也许想到年华老去却为生活栖栖惶惶而叹息。有人半蹲着,仔细审视照片框,琢磨能不能抬回家换上自己的全家福照,才发现雕花木框有刀砍的痕迹,也许心里嘀咕:真可惜,连框子也不能用了。

午后的雷雨滚落,一只城市弃狗躲在桌下咬破垃圾袋,全心全意享用食物,那帧照片恰恰好帮它挡住豪雨。

请按你该按的

至少，刚开始你还蛮好奇的，耐心听完娇滴滴的女声指示你："××公司，您好，请直拨分机号码或按'9'由总机为您服务，谢谢！"你按了朋友的分机，"转接中，请稍候！"听了一小段等候音乐，接通了，你找到你要找的人了。

接着，金融机构、公家单位、学校团体也装了语音服务系统，事情变得简单起来也复杂得令你不耐，譬如："查询余额请按1……查询汇率请按5……查询美金汇率请按1，查询日币汇率请按2，查询马克汇率请按3……"如果你要查询的项目很不幸是界、门、纲、目、科、属、种的最后一种、最后一项，原本只要一句话："法郎汇率多少？"现在你得聆听一长串"上帝指示"后才能等到答案。

要命的是，你要找你的朋友，偏偏忘了他的部门与分机号码，语音服务强迫你听完："业务部请按1，编辑部请按2，企划部请按3，财务部请按4，研发部请按5，总务部请按6……或按0由总机为您服务。"你非常生气地按下"0"。

有一天，你做了个噩梦：心血来潮打电话约你的情人共进晚餐，语言系统噜哩噜苏一大堆，你不得不乖乖依照指令按键，终于接到他的部门。语音系统不放过你，下令："找王×国请按1，李×胜请按2，柯×秀请按3，林×雄请按4……"你按下你该按的键，没想到还是那个阴魂不散的声音："请按下您的性别，男性请按1，女性请按0，谢谢！"你心头一把怒火升起，按了性别，还是语音服务："请按下您的姓，赵请按1，钱请按2，孙请按3……"你发誓非找到他不可，按捺怒火听完"百家姓编号"，用力按下号码，再不接通，明天一定到法院控告这家公司精神虐待，终于公布结果："现在电话正在忙线中，您要等候请按1或按2取消服务！"等就等嘛！王宝钏寒窑十八年都等了，你不差这几分钟宝贵时间，总算天地良心接通了，你一听到对方"喂"，毫不考虑大吼：

"我跟你吹了！"

迁徙中

无数次搬家，就这一次搬得狼狈不堪。

新房子大略整理了，电话也牵了，这阵子宛如身陷地狱，没多少心思料理新居。你疲惫地坐在地板上，掏烟，只剩两根，不免焦虑起来，你不能忍受断烟的感觉，好像最后一个知心朋友也要离你而去似的。

客厅堆满纸箱，装衣物、书籍，再来就是电脑、音响、运动器材。你顿时发现女人的室内繁殖力比男人旺盛多了，平时这间三十多坪的房子挤得跟二十来坪似的，她的东西一搬走，一个家的规模便垮了。你吐烟，夹带深沉的叹息，发现自己的所有物件堆起来，像住宿舍的学生或分租套房的都市浪人，没根的。

也许，男人在女人经营管理的空间里也不过是个房客。她们天生就有一种能力霸占卧室、厨房、储藏室、前后阳台，漆上自己的色彩或气味，男人被赶到客厅，窝在沙发上玩弄电视遥控器。可是另一方面，女人又斥责这位不易着根的房客像风一般在外野荡。

你承认，问题是你荡出来的，婚是她提议要离的。所以将来这房子出售后二分之一净利归她，附带那辆BMW。可是她删掉车子，擒着笔又删去其他几项收藏品。那时候，你才发现共同生活五年，你完全不了解她。这女人顽固得像千年化石，怎么哀求都无法活起来。你心底愧疚，希望在物质上补偿，她愈要得多，你愈减轻心理负担。但她说，分享房子是合理的，当初也付了房屋贷款，算是投资收益，其他不必了。她最后一句话是："人生很短，能遇到另一个人重新激起你的爱情，很不容易。我祝福你们。"

你一直以为她是水族馆里的七彩鱼，现在你怀疑她是深海巨鲸。最后一根烟，大哥大响了，嘈杂的声音，搬家公司说会晚到一小时，没办法，上一趟客户刚结束。你焦躁起来，胸口仿佛被巨礁压住。

你想到另一个女人，一个月前她说："等你解决所有问题再说！"她刻意不接电话不见面，让双方都静一静。你不愿意失去这个重新为你点燃恋火的女人，她修改了你的生命航道。此刻，你渴望听到她的声音，想告诉她在这间宛如荒漠的屋子里，孤单的感觉像凶恶的潮浪一步步吞噬，你感到整个人生正在陆沉。你打开大哥大。

大哥大没电了，你用力朝墙壁扔去，破裂的声音刺激你的耳膜。掏烟，空了，揉成一团也扔了。这是个什么世界，见鬼！你吼着，冲出门，好像跟谁有仇。

在巷口的7-11买烟，顺便换零钱，你拨了她公司的电话，一个僵尸似的女声响着："××公司，您好，请直拨分机号码，企划部请按1，研发部请按2，公关部请按3，……"你不知道他们什么时候装这种玩意儿，转到她的部门后，接电话的人告诉你，她出差了，什么时候回来？不知道。

一阵响雷，天色阴暗，沛雨如进攻城市的突击部队，你站的位置正好完完整整见识它的暴力。

然后，你看到那堆垃圾，早上你一个人抬出来的。那帧艺术婚照里的人，在雨雾中仍然坚持其灿烂与甜蜜的笑容。你空洞地凝视照片中的你，忽然羡慕五年前的自己曾经相信"爱永不渝"。

一条弃狗从婚照旁蹿出，无牵无挂地，在豪雨中行走。

作者补记：

看完这篇旧作，我惊呼："天啊！那时候的生活好纯朴！"

可以想见，科技帝王如何变幻莫测地统治我们？

先说手机吧（现在不叫大哥大，这称呼阻碍商机）！抗拒数年之后，我的背包里多了一只形似手榴弹的手机，由于只要通话超过两分钟电磁波即让我头痛、脖子僵硬，故其装饰性比实用性高。因此，我幸免于更换手机比换网络情人还快速的手机情欲浪潮，不必如在捷运车厢、餐厅、街头所见，一个个e世代年轻人玩弄手机如数位婴儿吮吸奶嘴般如痴如醉、不惜代价。

（奇怪，他们的通话费都是谁缴的？）

我最惊悚的两次手机经验：一次是与朋友约在百货公司正门口，超过十分钟未见人影，只好拨手机。

我说:"你在哪里?我已经到了。"

对方说:"噫?我也到了,十分钟前就到了!"

"我怎么没看到你?你站在哪里?"

"门口呀!"

"我也在门口!"

一回头,果然见到了。我们俩背对背,中间隔着几条逛街人影,而非战乱年代的茫茫人海。

到底,应该感谢手机让我们找到彼此,还是抱怨这种生活害我们看不见对方?

另一次,在途中。大太阳,我撑伞,走在前面的一位六十出头欧巴桑也撑伞。

她穿着乡下阿嬷才会穿的衣裙,趿拖鞋,手提一个包。

走着走着,忽然她高声讲话,诸如:"……这叫作灵感啦,你若是诚心求,神会保庇啦!……别讲那么多啦!好了啦!……"语气急躁,似骂人。我愣住,难道欧巴桑因暑气逼人刹那间精神疾病发作自言自语?偏偏路狭,她又走慢,我尾随在后不知如何是好?正在忐忑当口,欧巴桑的伞稍稍一歪,我才明白原来她正在讲手机。

唔!虚惊一场。我立刻检讨自己的反科技心态,阿桑用手机用得这么行云流水,可见这玩意儿不是时髦奢侈物,乃是生活必需品。从此,行路所见独自一人却自言自语、高声嬉笑、手舞足蹈者再也引不起我注意,在手机牧神面前,他们都是健康子民。

手机,作为现代人外加的第三"性征"器官(个性象征之谓),不论采震动韵律、响铃呻吟、乐曲节录或娇滴滴女声:"电话来啰!

电话来啰！"不管外形是方、圆，颜色镏金鎏银，悬挂或掏出，这妖娆的"性器官"也该有一本专属的"手机文学"选集才对，以彰显现代生活数位情欲之面貌。

那么，西班牙小说家胡安·荷西·米雅斯的《地狱》《手机》极短篇必得选入。前者写葬礼进行到一半，遗体口袋里的手机响了；后者描写一个捡到手机的人，接听来电，听到一个女人哭哭啼啼、寻死寻活。数位文明摧毁了人与人之间原本如铜墙铁壁的边界，拜科技之赐，我们竟然能恣意窥伺、窃听或光明正大耳闻他人的生活实况，不知不觉沦为嗜食"八卦"的动物。可是，人心并未靠近。即使我们听到隔座的人讲手机而得知他的不幸，我们的心还是远在天涯之外。

至于我，我无时无刻不在期盼有人发明防电磁波帽子、外套如抗紫外线洋伞之类，让我的脑神经不再受折磨。

肆·片刻辰光

不管遇到什么事
永远永远记得
你不是孤独一人的
我会陪你走这段路

迟来的名字

生活中很多事物与人，隔段时间想起来，忽然找不着了。

如果只有两双袜子轮换，少一只，人会马上警觉到，说什么也得找出来，不然出不了门。要是拥有一打，少两三双也不痛不痒，是因为替代性太高的缘故。

人，也如此。每天早上出门经过附近小公园，你可能注意到榕树旁总有一个打太极拳的老爷，慢慢推手抬脚，仿佛跟世人无关，可又成为你每日早晨必见的风景明信片，彼此从未招呼、对话，你走你的路，他推他的拳；然而，对他而言，说不定你也成为那套太极拳的一部分，推到某段落时，总会看到你准时无误地走过去。

如果有一天，你忽然觉得少了什么，仔细一想，好久没见到打拳的老爷了，至于多久，一星期？一个月？想不起来。心里若有所失，可又不严重，只不过一个小小的问号，不需要寻求解答，毕竟他与你之间谈不上关联，你很快忘记这件事。

居住的小区正在大兴土木改建旧屋，各种工程技术师几乎会齐了，大自拆除队、泥水匠，小至铁架匠、水电工、装潢师，甚至专门切石块石板的切石工人——用来铺拼贴式造型的客厅墙壁或壁炉表面,有些石材用在庭园走道、围墙。

我其至不知道他的名字。老老的,约六十岁,泛黄的汗衫、粗布长裤,套一双塑料雨靴。骨架粗壮,皮肤烤焦似的,使他的五官隔着一段距离看,黑乎乎的,像一块炸坏的排骨。身子倒很硬朗,说不定岁数没那么大,只是常年曝晒的工作使他显老。

每天早晨,我走路下山到大马路搭车,总会经过工地,许多正在工作的脸晃入我的眼内,起先,没打算记,晃久了,倒也眼熟。他的脸型方方正正,好像裁刀切出来的,加上比别人黑,又多了一分那岁数的人才有的乐观神采,跟天地万物、鸟兽虫鱼都能闲话家常的亲切味儿,所以容易记牢。迎面见着了,他总是嘻嘻然抛来一句:"要上班了啊!"我不知道他的名字,他一定也不晓得我姓什么,每天一两句招呼,慢慢觉得彼此熟了,可是这种熟,也还是生的。

总有一两年吧,他成为早晨的一个标点符号,没什么意义,但看见他在就让人放心,句子也顺。这是现在才想起来的感觉,当时视为理所当然。小区动工整建像传染病,一栋接一栋,他们的工作也就没完没了,久之,他们跟小区磨出感情了,甚至与某些住户结成朋友。

连着几趟出国,不知不觉初春变成深秋,新人事取代旧的位置,一些不痛不痒的事物消失了,连自己也没发觉。有一天,坐在邻居的院内剥柚子闲话,忽然觉得拿大石块当庭椅颇具巧思,邻居叹口气:"唉!这是阿喜的遗物呢!"

"阿喜是谁?"我问。

"那个老老的切石工人嘛！"

老工人一堆，我还是没懂。她翻来覆去形容半天，阿喜的影像在她脑海里清清楚楚的，可是说不出他的特点，尤其，找不出阿喜与我之间的特殊联系，以别于其他工人。

"就是那个，每天跟你打招呼的阿喜啊！"

我震惊了，的确好久没见到，怎么会死呢？

她说，都两个多月了。他每天一大早从汐止骑一个半钟头摩托车到这儿上工，做久了，对这小区有感情。那天，骑到半路，摔倒了，心脏病突发结束得很快，皮肉没什么伤。阿喜是个念旧的人，他喜欢我们小区，要不，汐止多的是工作机会。上回做王家的工，剩三个大石块，阿喜给搬了来，说搁在院子里有个坐处，喝茶聊天，顺便赏花。石块很沉，阿喜硬给搬过来。

阿喜没来坐过。

我坐在石块上，想起那张笑嘻嘻的黑脸对我道早安的样子，原来，他叫阿喜。原来，他叫阿喜。

流金草丛

日影开始倾斜，一大匹余光在东区上空游移，抬头望，像一件有汗馊味的男用水洗丝衬衫被谁扔在那儿，站在十字街口的我看来像一只晕在袖口、尚未被揉死的虫子。这城市正在大手术，剖腹挖肠似的，一阵尘风扑来，路边行人干咳或咒骂，我习惯以暂停呼吸抵抗尘埃及所有类似尘埃之事，像不打算交代遗言的虫。

驯服的市民过街了，我仍在原处与心中的三种声音谈判——我们总是花费大量时间做选择，却在付诸实践时发现一切太迟。第一种声音要我回家；第二种声音是坚持回办公室处理公事；第三种声音像狗尾草撩拨水面：去看萤火虫。

于是一面过街一面在心里与你说话。自从你迁居远郊，多次邀我去散心，邀了六年没去成，倒显出我的薄幸了。其实，搁在心里不敢动，偶尔在浮生瞬间，拿出来吹吹灰、晒晒流光，又收叠起来。你我虽然不熟，但第一眼就知道是个近性的，不需用世俗网袋装起来挂在客厅，能够情投意合的人事并不多，我接着便谨慎地不让它沾染尘埃。

我把你以及你落宿的深山野村存放在自己的记忆仓库，如同无法占领大人世界的孩童到旷野挖一个土穴寄放他的秘密。渐渐，我才理解仓库里收藏的都是即将在世间消逝的，譬如诗，譬如干净的人品，譬如一座早已凋零的乡村，譬如早春潺潺的流水与颤抖的蔷薇……我依赖它们找到活着的路标，并且放纵它们相互渗透、延展，激迸出蓝光般的意义与美的焰火。许多个我居住在这个灿烂世界里，她们或为稚童，或亭立之年，或超过了我此时形貌的垂暮年纪，不管肉身终止于何年何月，都不妨碍具足的一生；她们或依农耕时代的习惯洗一把青蔬，或竹窗下挑字喂哺流浪的雁鸭，或在黑夜独行，沿着两道流金草丛奔跑，以为萤火虫要带她到比家更重要的地方……你所描述的幽静山景，初夏之夜布满山谷的流萤，从简单的言说忽然变成有脉搏的文字直接落入我的记忆仓库，活起来，占据了时空，与那个在乡间小路追赶流萤、以为它们是渴世的星子的稚童叠印，成全了她的快乐，加重了她的忧伤。

消逝！消逝！美好皆消逝！

那么，你应能谅解我迟迟无法成行的原因，倒不是不愿在杂乱的都市生活里抽身到郊外纾解身心、吸几口干净空气；而是害怕听到仍有一处清幽所在，像四五十年前的台湾，春天的油桐把山峦糅白，夏日相思仔花又将它点黄，到了晚秋，有一场芒雪安慰旅人的心情。我害怕愈来愈多人得知消息，带着一家老小去野餐，把山谷溪流当作别人家的厨房，烤起甜玉米与香肠，砍几株月桃或水姜，放任孩童用塑料袋装萤火虫，什么都没有留下，除了灰烬与垃圾。

在人们尚未学会以谦逊的态度做一趟朴素之旅前，我竟希望所有未被玷污的风景自行封锁。直到，我们跳脱欲望层次，开始懂得深情的依恋，愿意找回自己与自然的亲情。

也许有一天，我不必再蹲在仓库里舔食记忆，在流萤点灯的溪谷，晚春的油桐花还是开得那么闪亮，水声依旧喧哗，掩饰一个伤心人的歌哭。

一瓢清浅

总有一些温馨的东西，随着生活的潮涨不知不觉地遗落于我孤单的沙岸，像一篇呆板的公文里突然冒出的美丽句子，那样令人惊讶，令人有浅浅的喜悦。任凭是潮来潮往的日夕，任是漩不止的旋涡，我仍旧要坚持着去珍惜这些意外，一点一滴地收藏。当有一天，当我年老得只咀嚼得动回忆，我会欣喜于自己一直保有着的这一瓢清浅——一瓢有着珍珠色泽的清清浅浅，我会满足地死去。

惊

那一天多美妙。那几个衣衫不整，爱流鼻涕的小毛头竟然为我冠冕。

我一直喜欢花，却种不好花。就像花农不一定能欣赏他的花，这原是不足为奇的。可是，心里总是遗憾。

突然在河堤的小菜园里发现一株矮矮的蔷薇，疏疏的叶片，像镶上去似的，在早春的晨风中透着初醒的寒意。更让人欣喜的，在这样瘦弱的枝头上，竟躺着一朵含苞的小蔷薇。我无法形容我有多愉快，我一直喜欢含苞待放的花朵，总让我分享到她们羞怯的喜悦——期盼明日太阳的那份等待的喜悦。我拔了一半的洋葱，便搁在地上，用沾着泥的双手去轻轻触摸这如樱红小口的花蕾，她想说些什么呀？我心里在猜。放眼是一望无际的翠绿，从暗绿的竹林到鲜绿的秧苗，到岸边的草及一行油绿的蔬菜。甚至连河水也不知不觉地吐露着浅绿的年龄。而这朱唇未启的小蔷薇，她想吐露些什么呀？我轻轻摸她淡淡的软刺，好娇羞地颤抖着。更忍不住要凑上去嗅，淡淡的，揉着春泥与绿草的一股清香，只因为这，我便像饮了早露一般地舒畅起来。

我告诉云妹。

"河岸有一棵蔷薇，快开花了，知不知道？"

"哈！我怎么会不知道？"

"谁种的？"

"本小姐！"她好得意。

"你怎么种？浇肥浇水——"

"不用那么麻烦啦！我在阿姑家摘的，走到半路，懒得拿回来，就随便插在河岸上，它就活啦！"

我嫉妒死了。什么花到她手里，不让它活就硬会活，到我手里，硬要它活就偏不活！

"你喜欢吗？"她问。

"当然喜欢！好喜欢！"

那一天，我在屋里看书。

"姐——出来一下。"

"阿——敏——啊,出来哦!"隔壁家的两兄弟,一个五岁,一个三岁,也拉长喉咙在叫,好嫩的声音。

"做什么啦,在看书。"

"出来啦!你出来就知道——"此起彼落地在呼唤,我只好出去,站在大门口。两个小毛头看我出来,赶紧跑到草堆后面躲,还一径嬉笑,我心知不妙。

"做什么?"我问云妹。她站在晒谷场,两手插在口袋,很神秘的样子,眼睛却笑得很媚。她的脚踏车停在门口,沾着泥。

"下来啦!不会害你的啦!"她边说边示意我下楼。

"我跟你说哦——"这是我警告人的口头禅。

"不会啦!不会啦!!"她说。

于是我下阶梯,站在晒谷场,听她的话坐在地上,把眼睛闭起来,不偷看就不偷看。

"出——来——啊!!"拉长的大叫。

突然,那两个小家伙"噌"地跑来,我赶快睁开眼,看他们三个人从口袋里掏出东西,往我身上撒,满天的蔷薇花瓣纷纷落在我的发上、襟上、手上。我惊愕了,不晓得怎么办,眼睁睁地看他们好高兴地从口袋掏花瓣撒我,又叫又跳,连那个三岁的小毛头也笑嘻嘻地又拍手又跺足,笑得把小鼻子都挤成一堆。

我呆呆地坐在地上,感觉着花瓣积在发上的那种重量,那种快乐的重量,有着尝尽幸福之后的满足的疲惫。

那朵小蔷薇冠冕着春之绿野。而我也被冠冕,被天地间最珍贵的赤子之心。

被天地间最珍贵的赤子之心。

神秘的雕刻家

想不透自己为何喜欢花花草草，更想不透为何爱那些落花枯叶。如果含苞的花朵象征青春，那么地上泥里的花叶即是老年，像人生。也许是喜欢这一点灵犀相通。

在我的书页里常夹着叶子，它们不是枯了，就是被虫蛀了，没有一片是完好的。而我深爱着，爱那一份饱尝风霜摧折却尽力维持的生之尊严。岁月的轮痕太快也太深，叶片的筋骨在啃噬之后依旧以它最原始的图案在展露，始终没有放弃去拼凑那剩得可怜的脉络，仍旧忠实地守护大地母亲赐它的身躯发肤，守护它的生命。虽是残缺，残缺是它最令人感动的美。

谁是那神秘的雕刻家，竟用万物的身体习作，一次又一次，练习一个草写的"死"字！

生命可以有不同的姿态，但同样是航行于真理之海。万物各有其迷人的韵律，而终究是以不同的方式在演算一道相同的定理，每张证明的纸上都写着同一的答案：一个最初及一个最后的坐标点，都是线段。

只不过有人两三笔便推出了结果，而有人硬是不肯歇止，希望算成射线。

我是尊敬那些不死心的人的，他们敢于去争。敢在日常生活吵些鸡毛蒜皮的不算什么，敢和生命讨价还价的才是了不起。我尊敬那份悲剧。

就像我所珍爱的叶片，每次面对，仿佛听到在某个冷秋，那叶子用每一寸绿肉去与季节争吵，甚至与冬天商量，到最后，那刽子手只好暗中动手，把叶的肉体强啃成一个句点，那是死的标志。

而叶也有傲骨，还以残骸拼它的名字，我始终晓得它隶属于哪棵树，那是它生之尊严。

当我惊觉到自己被莫名的绳子捆得死紧，几乎逼我要画了押时，我想起那片残缺的叶子。如果这么容易便把自己交出去，我如何对得起生命？

谁是那神秘的雕刻家已不重要，当他满头大汗，还在我身上舞着笨拙的钝刃时，我已再生。

小白蟹

淡水是适合远看的，尤其在大屯山上看，觉得那真是银河的倒影，有点海市蜃楼。若是下了火车去看，探头之处，全是人间烟火。

偏偏想坐渡船，像绣花机一样地替河布车一道蕾丝边。

半路上，小店前有个大塑料脸盆，装着密密的东西，"三只五块！三只五块！"探头一看，是小螃蟹，小得像大拇指的指甲，脚像线似的，争先恐后往盆缘爬。那小贩捧起脸盆用力摇两下，"三只五块！"

像在心疼什么，突然走不动。

只有两块钱，那小贩给了我一只。一只全白的小白蟹，它多小，小得连肤色都还没长出。它在我的掌肉上乱抓，我感受得出那轻微的颤抖。手掌对它而言，可能是离乡背井的象征。它这么小就得尝受禁锢，我不忍。

要坐渡船了。岸边是碎石地，河水也碎成网状的小支流，几乎要俯着身才看得清楚。我择了一条水较深的，放了小白蟹，它似乎惊愕了一下，才没命地奔跑，像受了吓的小孩。我俯身看它，算是送它一程，但愿以后都好好的，永远好好的。

船要开了，我赶紧爬上岸堤，才发现有三四个小孩俯身在岸边巡着，一手提桶，一手拿网。

我突然哀哀地失笑起来。

笔

我有个橱子专门放高中时代的书籍杂物，在内湖，一年难得去碰几次，就任它荒着。

想找一本旧书，踮着脚去开那个橱。突然拉出一包东西，塑料袋装着，硬硬的，实在猜不出是什么。但认得是自己的东西，依旧有半丝的熟悉在唤着。

我的生活的某一个角落是很乱的，虽然整体来看，人家都说我很整齐干净。在那个角落里，不只东西是乱七八糟地横竖着，连记忆也错综复杂，不能去牵扯，一牵扯就没完没了。

偏偏常常无意中去碰到，于是整个人就陷进去了，把窗外的车水马龙都忘掉，一心一意陶醉着，在那个纯然只有我的世界里，没有人能吵得动我。

曾经，为了找一根针补衣服，花了一个上午。结果，串了一串玫瑰花瓣，做了几张卡片。为了做卡片，翻遍所有的书找夹了很久的叶子，看到叶子，想到这片叶子是礁溪摘的，这一片是擎天岗的……找卡纸、美术刀、钢尺，一一裁好，一一贴在最美的位置。想起《泰戈尔诗集》有几首诗很喜欢，于是翻书找那些句子。用针笔写很俊逸的字在上面，找毛线钩长长的穗子结在卡片前头，然后静静地欣赏。一个上午过去了。

我忘了原来是要找针缝衣服的。

如今，这包东西让我好奇。我跳到床上打开它，到底是什么东西？

"哗啦啦"统统掉出来，一堆小山似的，像锯木厂里堆着的木材，唤起多少年前坎坷的记忆，我拥有这么多笔吗？

都是原子笔，除了几支铅笔和彩色笔。我还找到一支钢笔，记起那是在路边摊买的，八十块，生平第一次买的钢笔，希望使写信成为一种庄重，所以买它。但它又开运河又漏水，把我的手染得青紫，一点也不庄重，仿佛是从事染织行业的。

原子笔有黑的、红的、蓝的、紫的、绿的，所以当时我的笔记簿像彩色拼图。我喜欢黑色的，几乎各厂牌的黑色原子笔我都有：雷诺的、理想牌的、蜻蜓的；日本的、法国的、德国的、意大利的……每当想舒舒服服写信时，我就选择黑色去吐露。它让我把世界勾勒得那么清楚，把心事写得那么流利，尤其在一张淡蓝的信纸上，犁得酣畅又浪漫，像一亩美丽的秘密。我用它写情书。

红原子笔代表警告。几乎每本教科书都画了密密的红线条，一遍又一遍。我总认为什么都重要，再小的事件都有它的影响与意义。我几乎背下了整本历史书，连光绪皇帝比慈禧太后早死一天都记得，那表示光绪有可能是被慈禧害死的。当时我是这么想。

缅怀在这堆笔的记忆中，我的喜悦难以形容。一种满足的心情高涨着，仿佛看到过去一笔一画的生活，看到自己曾经那么认真地握笔；那是怎样的一条河啊！从我的心到我的臂到握紧的掌，突然是高耸的山峰，泻下一条瀑布，流出每个季节曲折的成长。

我一一数着，像在校阅一队老弱残兵，以沙场的声音。

小表弟爬上床，争着和我抢笔，才三岁，当然抢不过我。我用双臂圈着笔，骗他出去，他愈是要玩，用哭声威胁。

我让他哭，继续数。

九十四支，九十四支没有水的原子笔。我愣了，好庞大的感情在牵扯！我用过这么多笔，我到底写过什么？它们曾经尽责地让我发泄那段苦闷的年龄。我的悲喜，我的哀恸，它们曾经一一见证，一一了解。多少夜灯下，我的苦读，陪我的是它们。多少秘密，它们爬上日记本替我记录。多少愤恨，它们在纸上替我唾骂。多少喜悦，它们一一替我传播。它们忠实地待我，直到最后一滴血液流尽。

如今，我面对它们，看它们笔身的齿痕、刀痕，看透明的杆子里那条干涸的血管上碎布的惨青。九十四支笔，像九十四个忠心耿耿的仆人，寸步不离地陪着我去打人生的仗。

为什么要留着它们？为什么不一一丢到字纸篓？何必那么认真去生活？连对一支没有水的笔也要讲珍惜？为什么偏偏爱些没有用的东西……我爱的是没有用的东西吗？如果眼前这堆曾经那么认真

待我的笔全没有意义,我不知道何时能找到有意义的东西!

在现实里,已经很少人能认真相待了。如果所有同时存在的都是一线缘,我感念这堆空笔,它们曾经与我同时存在,忠心地为我存在,只因为我选择了它们,它们报我知遇之恩。

要留着的,且让世界去追逐潮流的脚步,我留着这笔感情的财产。

"来!"我亲了小表弟白嫩嫩的脸颊,"不哭!不哭!!"抓起他的小肥手,塞进一支笔,紧紧握着他的手:

"来!姐教你握笔。"

贴身暗影

1

春雨结束前,最后一道冷锋来袭的假日下午,一只湿漉漉的白文鸟在发冷的城市迷飞,旋涡似的高高低低,忽然一头撞上褐色玻璃墙。雨,下得像流浪狗。

那时,她坐在咖啡馆最角落靠窗的位置,正在看书。桌上的咖啡刚续了杯,午茶蛋糕动都没动,倒是烟灰缸里已躺了三根烟尸。她招手想请女侍更换干净的烟灰缸,虽然抽烟,但她比谁都厌恶烟蒂与烟灰的存在。

正因为焦虑地逡巡女侍的踪影,使她毫不设防地目睹白文鸟撞墙的事故,"砰"一声,那只看来孱弱的瘦鸟急速往下坠落,自她的视线内消失。也许,撞墙时根本没发出任何声响,因为靠那面玻璃墙的客人丝毫未被惊动,仍旧嘀嘀嘟嘟延续有意义或无意义的话题与表情。女侍过来,问了两遍:什么事?她指着烟灰缸:麻烦你换一下!她怀疑自己真的看见一只文鸟撞墙的事故,也许是幻影,城市在雨水里泡软了，肌理纤维都乱了，让人在刹那间搞不清楚前世今生。

她正在看书，咖啡馆内只有四五个客人，假日加上坏天气，让人提不起劲出门。她一向喜欢清静，这家埋在巷内的店才开张几个月，知道的人不多，颇符合她的癖好，平日下了班也就常来，虽然不在办公室到家的路径上，她宁愿绕半个圈到这里歇十几二十分钟，一杯咖啡，几根烟，几页书也甘愿。好像受刑横跨赤砾大漠的瘸马，每隔一程，得幻想出小绿洲，把头倚在低矮的树丛上朝落日方向叹息，才能无冤无仇地走下去。

《夏日》，George Winston 的《夏日》，素朴的旋律里暗藏几个下了蛊的音符，女侍放下烟灰缸转身离去时，钢琴声正好流泻而出。她合上书，凝睇雨景。靠窗处，一块被几栋高楼挤压而显得分外狭仄的庭园，想必是咖啡馆主人开辟的。微微倾斜的草地上竖一方巨石，像是来自东部湍溪的奇岩；接着，她认出一棵年轻的波罗蜜树正在浅土里挣扎。这种喜欢在树干上开花结果的热带雨林悍将，一旦吮吸丰沛的雨水、搂抱温暖季节，会非常性感地托出硕大的波罗蜜果，恍如原始部落善舞的女巫，裸露上身仰首张臂，两脚随鼓声顿踏，面对烈火晃动巨乳，跳着只有上苍与她才懂的灵魂之舞。眼前这棵波罗蜜却需要支干撑住，不知从哪里移植来的，倒卵形的树叶垂挂着，好像因为无力打捞地上那只伤残文鸟，以至于显得厌世。她的视线随着音乐起伏而滑行，水泥丛林街衢是看腻了的，打伞经过的陌生人也毫无稀奇之处，因此，她那游移的目光便像暗夜囚室里，一名重刑犯专注地谛视面前那堵污秽铁壁，渐渐熔化、穿透、割开，终于看出直抵地平线、在夏季热腾腾的风中欢啸的雨林，连带地，也看出自己的身影在遮天蔽日的丛林中跳跃、攀荡，拥有无上的自由与深不可测的孤独，跟这个世界毫无关系似的继续她的秘旅。

女侍过来添水，顺便收走空咖啡杯。她看看表，差五分三点，离四点钟的约会还有六十五分。事实上，这件事对她而言不痛不痒，四点钟有没有约会并非决定她今天会到这儿来的原因；同样，也不是因为今天要来才把四点钟的约会定在这家咖啡馆，两者只是巧合吧，就像她跟同在这儿喝咖啡的客人纯属巧遇一样。她认为，巧合之事意味着无须多费唇舌去追究缘由，也不需浪掷情感；有时候，她甚至认为自己跟另一个自己也是巧合地共宿在同一具躯体上，各负各的轭，各赶各的路。

重新回到书页。那是一本描述穿越蛮荒、独游热带雨林的探险志，她的视线像磁与铁遇合般牢牢盯着那一段文字：

"这是最后一次看见阳光，独木舟沿着狭窄的河道滑入雨林，肤触立刻由炎热转为幽冷。静极了，只有船桨撩水的咕哝声。然而渐行渐深，我仿佛听到丛林深处回荡着雄浑的吼啸，从地腹升起，贯穿树丛冠层终于抵达高空。那是一种召唤，一首编制庞大的安魂曲。河面如布满绿锈的古铜镜，两岸丛树在低空中枝丫交缠，形成长廊，纠结的枝条映照在河面上，影影幢幢，犹似百千个丛林猎士的黑灵魂，因独木舟的侵扰而倏然骚动。我不敢置信自己就这样挥别文明，钻入这流窜着生猛力量的热带圣址。丛林寂静，一只油黑色栗鸢扑翅而起，发出足以撼醒千年雨林的啸叫。我恍惚以为，那是我的心脏搏跳的声音，在压抑多年之后，今天终于发出巨响。"

她反复诵读这一段。稍早，当她贪婪地铺排"热带圣址"的意象，幻想油黑色的栗鸢将惊翅疾飞时,抬头,正好看见一只不知从何处鸟笼窜逃的白文鸟,直挺挺地撞上玻璃墙,在这发冷的城市。

2

她没想到一进门就接到哥哥的电话:怎么样?都好吗?有事没有?好,再联络。她的回答是:还好,老、老样子,没事,好,再、再见。

挂上电话,立刻感觉好像没接过这通电话。好比一个正在吃蛋糕的人,伸指压死一只蚂蚁,继续咬蛋糕,也是立刻不觉得刚刚压死了一只蚂蚁。有时候,她甚至忘记还有个哥哥这件事。

看护欧巴桑的脸色不太和悦,她道了歉,在四点二十分的时候。她多给两百块工资,形式上抵消迟归二十分钟的过失。欧巴桑说:"喂过了,身躯还未洗。"随即开门离去。欧巴桑住附近,帮儿子媳妇看孩子、料理家务,在她找不到全职看护时,便央她过来照顾,按时计酬。久了,干脆都不计较,付欧巴桑全薪,家里钥匙交她,只要早午晚过来巡一遍,做好基本料理就行了。这样做,欧巴桑顾得了两边,又能攒私房钱,两相蒙益。不过,假日另计,她要是有事出门,得另外付欧巴桑钟点费。横的竖的算起来,每个月的看护费够三个小家庭开销,但人生哪里捡得到便宜事,家里有慢性重症患者,钱是不当钱用的。能找到像欧巴桑这样愿意分她的担子的人已是幸运,她因此很习惯看欧巴桑的脸色,在那张时常端出被人倒会似表情的乡下农妇脸上,读久了,读得出一个旧社会老女人对另一个说话有点口吃的新时代中年单身女子的怜悯与呵惜;尤其,有寒流的冬天,当她下班回来,发现炉台上炖了香菇鸡汤的时候。

室内光线黯淡，晚报报头吸了几口雨水，头条新闻看来像从牲口嘴里抢出来，沾着黏稠的唾液。从十楼阳台望出去，那是永无止境的灰雾城市，让人觉得时间凝滞，所有轻微的、沉重的伤感都不打算结束；一切残喘的、化脓的恶疾也不会致命，只是拖着，形成巨大的旋涡，昨天比前天好一点点，今天比昨天坏一些些罢。有人在堆满腐物的沼泽里，洒了几滴灵液，以至于枯朽比鲜嫩的青春拥有更顽强的存在意志。她点了烟，深深吸入胸腔，闭气，让烟在扩张的肺叶间流转，感受湿冷密道被火把烘干似的快意，而后快速蹿升，挟着长长的叹息从鼻腔喷出。永远的灰雾城市，她的眼睛涌上泪意，既不是伤怀也无关乎感动，勉强而言是一种载沉载浮的落寞。她想起艾略特，每隔一段时间会唤她重新诵读他的作品的英国诗人，"有个地方是漠然无情的／在以前时间及以后时间／的一种幽光之中"，她的意识在诗句间反复回转，不思不想，直到仿佛可以透破结冰似的灰雾之城。然后，她闻到从某户飘来的煎鱼味，冷锋过境的黄昏世间，接近晚餐时刻，她觉得自己只剩下自己。

如果懂得选用亮彩油漆，这间两房两厅一卫的房子可以弄得很温馨，前任屋主这么说，他卖屋为了换大一点的房子，两个小孩要上小学嘛。她喜欢想起那个做父亲的男人说话时眉飞色舞的样子，多年来，她放任自己想象他们一家还跟她生活在一起，虽然这种奢侈常常被现实当场扯得稀烂。

父亲的房间以前是孩子房。墙壁漆成浅蓝，天花板抹上淡淡的粉红，整个感觉就是孩子气。婴儿海报及辅助幼儿学习的动物画报仍然贴在墙上，她没撕，犯不着撕，留着至少可以产生错觉，生命正敲锣打鼓地开始着。

她进房，药味像冤魂似的不散，她习惯了，有时反而必须靠这气味确认躺在床上的枯槁老人的确是自己的父亲。

"爸，我、我回来了。"通常，她会这么开场，接着坐在床边藤椅上，两手手指交握，克制想抽烟的冲动。

静极了，人去楼空般荒芜，因此听得到隔壁炒菜敲锅的声音，悍悍地，非常有气力。每次开场之后她会陷入短暂沉默，然后换一副春暖花开的嗓子开始独白，天气、报纸头条、谋杀案、股市行情、两岸关系、商店折扣消息、防癌食物、办公室恩仇、二十万只流浪狗及垃圾不落地的新措施。她就是有办法单口闲扯个把钟头，好像这世间归她管。

"是不是很棒，你说！""天大的便宜哟！""结果，从来没有那么幸运，居然……"她独白时的惯用语，奇怪的是愈兴高采烈愈不会口吃，流利得像畅销通俗小说。

沉默，浓浊的呼吸，然而今天的沉默如铁球丢入湖里再也浮不起来。她的脑海回荡着铁铲敲锅的声响而无法消音，眼睛定定地看着床上骨瘦如柴的八旬老人，恍然错觉自己是个盗墓者，把原本躺在棺内的前朝老翁盗回现代。她深深吸口气，似乎想辨认隔壁家锅子里的菜肴，晚餐时刻，饭桌上应该有一家四口：稍显严厉的父亲，到处掉饭粒、两脚在桌底下晃啊晃的小孩，抱怨安亲班收费太高的妈妈……她一面凭空抽丝一面自行衍生，搓成粗绳，让意念有所凭借，从泥淖中抽身攀至崖顶。是的，她羡慕想象中的每户人家，大灯大火的。他们的时间朝前走，脱壳似的，她的时间锁在过去与未来之间的冷窖里，两年、三年、四年……第六年了，还没有找到出口。

是的，床上躺的是她的父亲。尽管老人斑洒遍松弛多皱的脸皮，难闻的浊味自半僵的嘴巴溢出，而心智早已从白发稀落的脑部逃逸，他还是他，一个被死神遗忘、被司命之神抛弃的世间父亲。他千金万银的人生花光了，只剩下她，陪他在半途等待，遮眼望向黄沙滚滚的地平线，不知什么时候会驶来一辆老爷车，接他。

"爸——"她开口，像尽责的节目主持人："哥哥来电话，刚刚，谈很久。还是忙嘛，没办法来看你。过两天又要出差，这回到大陆，恐怕不待个一两个月不会回来，他们公司打算在大陆设厂嘛，谁教你生了个超级能干的儿子……"

她愈掰得父慈子孝、兄友弟恭，就愈可怜他。不由得叹了口气，苦笑着。床头桌上，一尊青瓷小观音立着，杨枝净瓶，敛目垂悯，左肩塌了一块，有一回抬父亲上医院急救时碰倒的，她后来用强力胶粘好，倒觉得这尊骨折观音跟人间亲了许多。在这件事上她没妄语，观音是六年前父亲第一度中风时哥哥从大陆带回的，谈不上庄严，大约出自学徒之手。此后，他以妨碍婚姻生活，避免给小孩留下惊怖的成长经验为由，要妹妹多担待点。她刚开始对这尊观音没好印象，看久了也就不讨厌，如果是学徒作品，他一定以自己母亲的模样打蓝图，这么一想倒也暖和起来。她有时把小观音放在父亲身上，假使缥缈的心智刹那间回转，也许他会因此想起母亲的怀抱或亡妻的蜜语而获致安慰；有时，她把小观音放入口袋，一只手握着它，穿越阴雨连绵的街头去上班，好像两个说好不拆穿彼此谎言的天涯沦落人。

"该洗澡了，爸——"平日都是欧巴桑代劳的，假日她得自己来。

她从浴室提来热水，打开电热器，为父亲擦澡。枯槁的身躯像窝藏蛀虫蝼蚁的树干，汩汩冒出腥臊之气，两列肋骨安静地并排着，宛如搁置在冬天枯野上的竹筏，也许路过的水鸟会下来栖息一会儿，也许开春时竹管上会挣出几朵草菇，但不再有吃水的机会。她拿掉成人尿布，铺上清洁垫，拧半湿的毛巾从鼠蹊开始擦拭父亲的私处。那是个废墟，烧焦的乱草，从啄尸鹰口中掉落的猩红疮肉，围着一截蜷缩的、宛如干黑狗屎的性器。她托住他的膝盖窝，轻轻一提即挪动他的躯体继续擦拭臀部。拥抱年轻、壮硕的男性身体是什么滋味？她不知道。第一次目睹男性身躯，伸手触摸象征猛烈的欲泉与生命火光的器官，竟是在自己父亲身上。那一年父亲第一度中风，她为他净身后独自坐在医院楼梯间掩面发抖，感到崩石滚落，压塌她的玫瑰花园般惊怖。那时候她是个处女，现在也还是个处女，不同的是，那时候她可以秘密地闻到宛如从春天的山坡飘来的花香味，现在，她习惯整晚挥赶周遭的暗影，缩在自己的睡榻上，听青春一片片剥落的声音。

"告诉你，"她替他包好尿布，换穿干净衣服："今天去相亲了，同事介绍的。对方——对方看起来不错，比我大两岁，开家小公司——"

她陷坐藤椅，盯着那尊斜肩观音，继续叙述一个中年女子如何在飘雨的城市一隅跟某位男士相亲的故事，她甚至描述穿着、腔调以及走路的样子。末了，按照故事发展，应该接续两位年届中年的都市男女在雨中漫步，轻轻叹口气说："能认识你真好！"并且订了下一次约……她却停住,伸指抹去父亲眼角边的水痕,她不知道是不是适才为他拭脸时留下的,但立即涌升的情感使她宁愿假想那是父亲对她的贴心反应,在这冷冷的世间。

"爸——"她忍不住从鼻腔溢出水珠:"别管我,你自个儿走吧——"

3

她全身埋入激流,赤裸裸,弯腰行走,两手张开如长耙,控抓软泥,一路挥走慵懒的鳄鱼,驱赶成群渡河的长鼻猴。她发怒着,寻找她的狩猎番刀与琉璃珠串,这两样被圣灵祝福过、带有神力的宝物不知何故竟落入急湍。

她从水底蹿升,破水而起,嘴角带笑,两手各执番刀与珠串;热带阳光伸出火舌,吮吸她身上的水珠。她如一头银闪闪的灵兽,跃入莽林。

埋伏在藤本植物梭织的丛林迷宫深处,她的眼睛如夜枭望穿整座莽林,她那灵敏的嗅觉与锋利之眼,分别侦测到不远处一条蟒蛇沿着粗壮的树身向上攀爬,一只犀鸟即将飞掠长满巨型附生植物的密林,而一个披散长发、高举吹箭武器的壮硕猎人正瞄准鸟腹。她推测他捕猎犀鸟之后会在河边升火,串烧猎物。而她将荡过大蟒攀爬的那棵巨树,以矫健的身手从粗藤缝隙跃下,直接骑落在他的肩头上。那是丛林之夜,枯枝在火焰中暴跳,火舌剧烈扭舞,照亮她与他交缠起伏的裸体。遥远的高空,繁星熠熠。

她听到刺耳的声音，醒来，是个梦。那本厚厚的探险志掉到地上。她爬起来接电话。

是同事，责问她为何缺席。那位男士依约在四点钟到巷子里的那家咖啡馆等，而且依照指示买了一本什么土著、探险之类的书放在桌上，就这样等了一个多钟头才走。

"你到底在想什么？我真搞不懂！对自己的将来一点盘算也没！"同事骂她。

她没搭腔，拿着无线电话静静听她讲大道理，一面踅到父亲房间，开灯，床上仍是那副搁浅在时间之流的身躯，然而仰躺的姿势却猛然让她想起梦中那只犀鸟……

"再、再说吧，也许有、有一天——"

也许有一天早上醒来，她将听到时间之流冲破冷窖，沛然地流过来，浮起她，在阳光中悠然成河，一切开始的，都会结束；一切结束的，将领取新的开始。

而此刻，她替父亲盖好被子，抚拍他的额头，关灯。她知道这波冷锋还得持续几天，如同贴在她背上的暗影将继续壮大，直到遮蔽了天空。

捡起那本探险志，归回书架。躺下时，或许因为冷被的缘故，她忽然心平气和地想起艾略特的诗句，好像独坐在将熄的营火边，于繁星熠熠的天空下诵读：

请往下再走，直下到
那永远孤寂的世界里去。

某个夏天在后阳台

夏天剩最后一束尾巴时,她终于找到专属的私密空间。

"每个女人都该有一块私有地。"她想。

办公室乔迁接近两个月了,她仍然定不下来,心浮浮地,东飘西荡到处串门子,就是不肯落座——她的位置在大办公室最僻远的角落,是个死角格局,一抬头正好面壁,当然也面对那台严重哮喘的冷气机。"人生至此!"当她感到不耐时,常用一种油腔滑调的江湖派头挖苦自己:"连冷气机都会叫春!"

公司原先规划的各部门位置图不是这样的,若照原图,她带领的三人小组不仅拥有一扇看得到对栋人家晾晒衣裤的窗户,而且傍着三尺宽的走道,离接待室那座花枝招展、随时挑逗肉体欲望的大沙发只有两步路。瞧,这不是天堂是什么?坏就坏在大家都有眼睛,也正好都把眼睛盯着那块天堂美地看;于是,各部门主管明的暗的亮出尖牙利爪。这得怪她自己活该,以为良田在握便趁着搬迁之际休假,等她进办公室,她发现她那组的办公桌被挤到地狱边缘,照某位组员的说法,她们那区可以称得上是地狱的茅坑位,言谈中不无责怪她这位主管未替组员南征北讨之意。

像她这样的小主管，门把一样，只不过是大办公室生态圈里方便老板进出的小道具而已，门把有什么尊严？还不是听话地开开关关。

她从小没有自己的私有地——哪怕是一块榻榻米大的睡铺都无。乡下穷，每家都是大通铺，做女人的好像往胯下一拉就是一个小孩，扔到铺上；再一拉，又一个扔上来了。她是最后一个上铺的，哥哥姐姐们已经大手大脚地会在睡梦中合力将她挤到床角去。至今，整个悲惨童年仍不时在她身上显灵，她的坐相引人侧目，坐着坐着就龟缩成一团，怎么看都不是能担当重任的人。

"如果你有一千万，你想用来做什么呢？听众朋友，欢迎你打call-in专线，跟我分享你的梦想……"深夜，一个无聊的谈话性节目问了一个无聊的问题，她盯着天花板，一只黑头蟑螂正蹑手蹑脚通过罹患壁癌最严重的区域——她的室友相信这栋房子是海砂屋加辐射钢筋，她同意，并且从此老是闻到类似大太阳下鱼塭埔传来的死鱼腥。最可恶的是，她们的房东还打算涨房租。一千万能做什么？在末世纪吞吐荡妇般的颓废气息又夹带一丝纯洁少女似的希望的节骨眼，一千万能做什么？她点上烟，朝那只孤独的蟑螂喷雾，帮午夜牛郎冲业绩，让他荣登排行榜榜首？还是换成一捆捆千元钞，跟情人在上面打滚？或者，开一家公司自己当老板，每张办公桌前都种几棵货真价实的莲雾树、番石榴、木瓜树……她的职员全是小孩子，果盘就是卷宗，上头堆着当日采收的水果，上班最重要的任务即是吃水果。她会给自己一间明亮宽敞的总经理办公室，跟客户洽谈生意，就坐在花团锦簇的杜鹃花丛下，脚伸入清澈凉爽的河流里，阳光洒在水面泛着碎金光芒，她跟客户签约时，随手抓起一条鱼朝合约书上吻一下就成了，鱼是她的公司印章……

次日，她一面在公车上打呵欠一面痛斥昨晚那个无聊的梦，该戒掉听广播了，这种单身上班族的坏习惯。

或许吧，冥冥之中有个无所事事的神正好窥见她的梦境，一时大发慈悲，让她无意间发现办公室版图内一块荒废的领土——就像饥饿儿童在草丛里捡到卖饼人掉落的半块酥饼，哪怕是去年的也香。

那天，她到改装成储藏室的厨房找一箱资料，长期封箱的纸制品发出令人窒息的霉味、蟑螂屎味及从不刷牙的蠹鱼们的口臭。她受不了，正好看到挪动几口纸箱后露出的后门，毫不思索地想要开门透气，这真是乾坤挪移的瞬间，她至今仍意犹未尽地回味右手握住那副半脱落门把时那股沁凉的触感，侧身撞开卡住的木门后，第一眼看到对栋石栏边迎风摇曳的一枝早芒时，她的心整个被幸福紧紧抓住。

是个后阳台，寻常人家用来洗衣服、晾晒衣裤、堆放扫把之类杂具的地方。这房子原是住家，后来改成办公室出租，内部隔间丝毫看不出柴米油盐的痕迹，后阳台倒还保留一些；晾衣绳上荡着几只生锈衣架，一柄严重掉发的棉纱拖把像殉战士兵搭在铁窗上，洗衣槽内还搁着洗衣板、刷子及脸盆，当然，像一般家庭一样，凡是养死了的盆景一律往后阳台送葬，因此木板上杵着几盆只剩一根棍棍儿的马拉巴栗树，栀子、葫芦竹之类的残骸，隔着防火巷跟对栋的芒草倾诉髑髅之地、连麻雀也不来的悲哀。

她欢喜起来，心情是复杂的，一方面两坪大的狭仄空间与童年被逼入床角的经验叠印，使她感到压迫——她花了好长时间才治愈上床睡觉仿佛停棺入殓的童年伤害；但另一方面，能在酱罐似的办公室找到私人领土，她的脑海立刻浮现出一幅鸟语花香的风景，甚至恍惚听到瀑布飞泉的声音。

她对着不远处的芒草及半截灰蓝色天空说：这是我的！我的！我的！

第二天开始，组员们都知道老烟枪的她不必再周游列国到可以吸烟的主管办公室串门，或到附近三十五元一杯研磨咖啡店写企划案。她买了一把小板凳，膝头就是办公桌，在大太阳下流汗、抽烟、喝咖啡，构思促销活动案，她宁愿忍受没有冷气、电脑的不便，也不愿牺牲偶尔抬头望向远方、手指扒抓小腿的那份自由——跳蚤一向是后阳台的"原住民"。

办公室生涯似乎起了不小的变化，对她而言，后阳台好似灵魂停栖的枝头，她适应了跳蚤、蚊子的骚扰，那几盆枯树看来也分外亲切。有时，烈日烘烤下，她什么也不做，眼光飘向对栋，掩在芒丛之后是个露天阳台，晒晾一排衣物，标准的顶楼加盖景致。她从衣物窥伺那户人家的生活，一夫一妻吧，在寒碜的人身阶段蜗居于破旧顶楼，每天晒不同花色的衣服，每天过同样的日子。她没瞧见他们，大概都上班去了。当她漫无目的盯着晾衣竿上一件件驯服的衬衫、内裤看时，忽然感到心头沉重，她仿佛从衣服上看到一个个裸裼者的全部生活，卑微且无味。她因而想到他们此刻或许也在别处办公室的后阳台窥伺别人的生活，如同有人说不定正打开办公室后窗从她晾晒的丝袜、裤裙推测她的赤裸一样。她第一次发现自己的生命如此苍白。

对同事而言，后阳台似乎是个魔域，他们感受到她的转变，沉默、心不在焉、懒得搭理人，连中午时间也一个人窝在那儿啃便当、挖木瓜肉吃，然后在花盆内四处甩籽。不利于她的言语开始散播，很快地，老板约谈，希望她说明"老是不在位子上，让同事沦为她的接电话秘书是怎么回事"。她一径沉默，末了，说了一句仿佛是另一个人要她说的话："我想辞职。"

新来的组长强悍多了，几乎花一个月的时间进行内部公关，让其他部门感同身受：他们这组窝在死角里，对彼此需要密切交流而言是很不方便、极不方便、超级不方便的事。为了提升效率，老板同意将原来的接待室辟为他们的领土，从此，幸运的人只要抬头就可以看到对面大楼某户人家晾晒的衣物，如果，那扇窗恰好开着的话。

原先那座花枝招展的沙发，只好往储藏室送葬，两个男人扛去，费了劲才在乱七八糟的纸箱中挪出空位安葬了事。其中一个趁机摸鱼，歪在沙发上小眯，另一个开门往后阳台躲，说：抽根烟，累死了。

当他看到对栋石栏边几枝迎风飘摇的五节芒时，他的心仿佛松软的土壤里蚯蚓钻动，才惊觉秋天的确渐凉。就在点烟的当口，更惊讶花盆里冒着一株株木瓜苗，三爪叶片绿得天真活泼，他忽然感到莫名的熟稔，一个欢乐的年代，不知什么时候掉落的年代，他怎么也想不起来，在这微凉的秋日下午。

没有人关心辞职后她到哪儿去了，同样，也没有人注意到后阳台有了新主人。不久，冬天像往年一样，带着冷锋降临。

拖鞋志

　　太阳出来的时候，小朋友上学，妈妈们牵着菜篮往市场走。狭仄的巷弄滚过一波乳脂味，那是孩童口中哈出的风；迎面几个拄杖老人爬山归返，砍了几枝带露粉樱，颤巍巍地晃着零碎的红影，又枝上顺便挂一副烧饼油条。老人们杵着不动，让孩童喧哗穿过。阳光正好沾住樱花上的水露，闪出光芒，像一只惺忪的眼睛，邪邪地看世界一眼。

　　她拉开窗帘，瞧见捧樱老人拐入小弄，又站着与邻人闲聊，无非是几句哼哼哈哈街坊芝麻话，她完整地看到那枝垂樱从老人肩头探出，仿佛穴眠数百年的古代仕女被踏山者拦腰抱走。她知道此刻她醒了，朝这陌生世界某个掀帘偷窥的女人缓缓抬头，她有些恍惚，像看见一把水底捞起的枯骨，湿淋淋地向她吐露驼红的遗言。

　　难得出太阳，光影一绺绺地吹进室内，停在泛潮的白色地砖上，她看见卷曲的枯发沾黏地板，日子也曾粉身碎骨吧。梳妆镜蒙了一层薄尘，不客气地数落她的病容，一只印花玻璃杯剩几口鲜奶，恨恨地站在梳妆台上干成蜡黄。她的手拂过镜面，看清自己了，腐败的青春，她竟然笑了起来。

她不记得这阵子怎么过的，只记得窝在床上听雨水，天花板潮够了开始渗水，涎出一条小河弯弯，猥亵的，好像被斩首的人口中流出的憎恨。她一直盯着，不发表意见，看久了也很亲切。

那一天也下雨，他提着两瓶鲜奶探她的病，拉出梳妆椅大巴又坐着点一根烟，清了清嗓门说："怪潮的，怎么不叫你房东修一修天花板！"她坐在床上抱着大棉被，瞧那面雾镜冒烟，绕着一个男人的后脑勺，那条水痕一寸寸往下抽长，她倒觉得这幅景象可以印成画片，裱框挂起来。荒凉，也可以很悠哉地变成风景。

"好点没？"他问，口气是不冷不热的。

"好多了。"她说。

他看了表，说要打几个电话，往客厅去。她比谁都清楚她的卧室就像一艘破船，那人是来解缆绳的。他的声音热热闹闹传来，像乱了套的鼓点。他高声说：好好好，待会儿见。她明白他的意思，不能久留的。她一向像水晶玻璃把人心看得透彻，多年前有人对她叹气：你就不能迷糊点吗？太精亮要碎的。她回说：放心，碎了割我自己。

他撑着笑回座："药三餐吃了？"

"吃了。"她说，又追几句："其实，没什么大不了，虚弱而已。你忙，犯不着来。"

一室安静。他踱至窗边，拉窗探了探，"砰"又关密，坐下来，抖脚。她自心底怜悯这个人，他要她开口的，就像所有在她身边停留过的情人要她收拾最后一刻以成全他们的无辜。她其实心怀感激，不免分外留恋每一次挥别时刻,她要慢慢看着它进行,把每一丝感触记得牢牢的,让它由漫散而渐渐凝缩成她胸口的一颗小痣,跟过往收集的痣点聚在一块儿,像焚焦的星子。

"客厅那箱是什么?"他想起,问道。

"没什么。"她说,"公司忙不忙?"

他耸了耸肩,两手摊着:"明天得出差几天。"

她把头搁在膝上,眼前这张脸她曾经抚慰过,熟悉他的胡楂分布与触感、睡眠时的怪癖与翻身的重量。她感到晕眩,好像阅读一本装帧错误的小说,激越的情色章节与送葬行列交编,她仿佛看见披麻戴孝的抢哭队伍中,一对裸裎男女正在棺材上做爱。时间冷峻地站在掘墓人挖好的土坑旁冥思。

"开车来了吗?"她微笑地问。

他的表情隐藏一丝勉强,迟疑着,不知该说有或没有。他们常在夜间出游,她总是问他:"开车来了吗?"虽然已知他开车来仍要这么问,这句话已变成她的口头禅,接着她会提议出去走走,像两只快乐的昆虫在台北都会觅欢。她的记忆一面向后追溯一面向前推衍,那些不轻不重的情节或多或少构筑她与他共同的生活内容,她默默地夸大它、粉饰它,使它成为不可缺少的城墙。现在,她得拆墙,而他只顾忧虑若她又要邀他出游,该拉什么理由遮一遮。

"如果开车了,你的那箱东西正好载走,都在里面。"她看他那副忐忑、为难的表情有些不忍,干脆挑明讲话。

他望着窗。

"我留下一样东西……"她说,开始听不见自己的声音,好像有一头饿兽躲在耳内吼叫,但她知道自己会撑到最后一刻不出错,这些熟悉的戏码曾在生命中上演无数次,甚至连下雨天也是借尸还魂的,为了冲淡割情者的尴尬。

"我留下那双拖鞋做纪念,不重要的。"她决定好好地看着他,"你该走了,再晚,又要塞车。"

他怎么走的?她不记得了,只记得后来有点饿,倒杯鲜奶喝,她还看了印在瓶颈的保存期限,嗔怪这个男人粗心大意,连只剩一天就过期的牛奶也买。

冬日太阳像生过病的莽匪,大手大脚晃出来,可是虚弱得提不起刀。她觉得做点什么事才好,该晒的东西太多,总是晒不干。

她打开鞋柜,一股霉湿味扇人耳光,皮鞋面长了青斑,鞋尸似的。底层,整整齐齐一对对毛茸茸的拖鞋仿佛冬眠,各种颜色都有,虽然厚长的绒毛压扁了些,也还看得出卷毛狗般的气派。她就是喜欢这种趣味,穿它的人一前一后走路,好像遛两条吱吱叫的名贵小狗。

她为每任情人准备一双,专用的,每一双都保留它的主人的脚形与走路的样子。她将它们一一取出,晒一晒也好。散置于地板上,一群五彩小狗,被割了声带的,她数了数,十四只小狗,七对。

不,十六只才对。她冲入卧房,掀棉被,打开衣橱,那双红毛拖鞋呢?放哪儿去了?她宛如迷途野兽闯不出丛林,连厨房的碗柜也找了。

阳光一寸寸萎落,哔哔剥剥的声音。就在她走向那群杂色小狗时,赫然发现那双红毛拖鞋正套在自己脚上。她低头凝睇,仿佛听见从遥远的山谷,两只火红的幼犬向她跑来,吠叫着她的名字。

她忽然明白,自己是自己的最后一任情人。

口红咒

　　她的家人撬开梳妆台抽屉的那日，是个阴郁的午后。夏天接近尾声，顶多再来个轻度台风，下几天雨，时序一旦入秋，这一年也差不多要入土为安了。他们像往常一般过日子，好像半身麻痹的人在复健器材上运动，习于不断重复，日子一久，也萌生一种本领，把不属于轨道上的意外事件从脑海里切除，由于没有储藏额外的记忆，整个人生看起来是那么的祥和。

　　如果没有人再提起，她的家人差不多把她忘了。这也合理的，虽然同住一栋公寓上下层，平日鲜少碰面，有事也是打电话。两个兄弟分住五楼左右户，她一个人住顶楼加盖的套房，大家各自关门过日子，有时在楼梯口碰到了，打招呼的方式也是客客气气地像个邻居。

　　事情演变到这种局面不是没理由，但权衡之下，适应现状远比追溯根源重要吧！就这一点，他们兄妹三人倒是一致的，所以谁也说不清楚从什么时候开始这栋自家老厝改建的新式公寓变成公共港口，各泊各的船只，各管各的航向。兄妹、姐弟三人从原本话就不多到见了面没什么话好说到能不见面就不见面，多少与"地主保留户"

出售的盈余分配有关。

她伴着中风多年的老母亲在两兄弟家轮流住，也不过是对门，但亲兄弟也要明算账的。去年，老母亲收齐了气力想说服两个儿子、儿媳拨一些尾数给年逾四十出阁无望、服侍她多年的女儿。这事当然强人所难，父亲生前老早把权状分割清楚，按照惯例，女儿迟早是外姓人，不能分祖产的，母亲又不是不知道这些天经地义的道理，怎么老病到头脑也糊了。那阵子，兄弟两家忽然异常亲近，什么事都有商有量的。他们谁也不想吐出银两，又不愿违逆残烛般的老母亲，让亲戚说他们不孝，遂推敲替代方案，决定在顶楼加盖一间小套房给她，随便她爱住多久。那日，两兄弟特地穿戴整齐，在母亲床前慷慨禀报决议，说得地动山摇的。

她一副事不关己，坐在床边帮母亲按摩背部，后来索性窝在自己床上看杂志。床头上的铃铛一阵乱响，一根线拉到母亲这边，以便半夜需要如厕时可以叫她，哥哥不小心碰到，她伸手捂住铃铛，房内恢复安静，兄弟俩又继续铺陈加盖套房的建材问题。她杂志也不看了，从枕头底下摸出小镜子，又从口袋掏了一支口红，慢慢旋出，好像从花房把蝴蝶诱出来般全心全意，擒着小镜以一种足以唤醒墓园的神情搽嘴唇，轻轻抿两下，又利用唇膏的侧锋勾出唇形，营造立体感；她似乎不甚满意，掏出另一支色调较深的口红，加强下唇色泽，看起来像天光拂掠远近山峦所造成的移影景象。桃红色口红带着春天的绮艳，衬着她那张苍白、枯槁的脸，分外明媚颤动，仿佛被浓雾封锁的遗址上挣出一株野桃花，不管天高地厚，喧闹地诉说它自己的欲望。

兄弟俩愣了，眼前这位套着睡衣，用橡皮筋束头发的老女人，怎么看都是上不了台面的外人。那张红嘴令他们焦躁起来，做哥哥的沉得住气，谨慎地把"仁至义尽"四个字夹在豪迈悲壮的说辞里，他心底盘算，得快把顶楼盖好，一旦母亲的日子尽了，让她搬到上面去，对大家都是解脱。

做母亲的，恐怕是终于从鱼仓里替女儿捡了一尾小鱼，良心上舒坦起来，看样子也没什么事可以耽搁了，不多久再度中风而逝；时间上也掐得极有分寸，顶楼套房只差安装电灯就完成了。

兄弟俩率领家小，在母亲遗体前哭得肝肠寸断，而她仍然是那副外人神色，眼睛定定地看着地板，好像看穿底下有一座汪洋似的。丧礼办得备极哀荣，比菜市场还热闹。事后，他们看V8拍下来的纪录，才发现那天她的手上握着床头铃铛，一张嘴搽得跟妖精一样猩红。

丧礼之后，她搬到顶楼小套房。

有经验的人都说那是宿命，据此推算她这一生是来还债的，老母亲一死，债还完了，她也没理由再在世间溜达。兄弟两家都认为这种说法睿智，敉除了生者与逝者的尴尬；他们聘请道行高深的法师、道士到那间套房诵经安魂，顺便为两家除魅祈福。除了大溽暑令他们不适外，大家心里都承认，她自己了断，也是识大体的。

如果没有人再提起，她的家人差不多忘了有过她这个人。

套房空在那里也可惜，租出去好歹有个收入，再说，换别人住也可以祛除那间房留下的秽影。他们决定稍事整理，把不宜留下的东西清干净。

那台梳妆台着实不祥，原本是母亲的，后来换她用，两任女主人都走了，杵在那儿怕会变成野鬼窝。为了抬梳妆台，他们才发现有一个抽屉上了锁。

做哥哥的拿着撬具，满头大汗治它，一怒之下换用榔头敲，面板敲落，突然"哗"地掉出一堆东西。

都是口红。他吓软了，仿佛捧着一抽屉四处乱窜的蟑螂一样，脸色惨白起来。

两百多支口红，各种颜色、品牌都有。还是女人比较能了解口红的诱惑，做太太的忽然像个孩子蹲在地上一一检视口红的身世，有的用过了，有的大约只搽过一次。她不免陷入痴迷，旋出口红，在手背上试颜色：粉橘的、蜜李的、酒红的……每一种颜色都像一种言说，激情如大雨中野地姬百合的舞影，贞静似月光下舟子的酣眠。她的脸上露出狂喜，擒着一管桃红的，对着镜子细细地搽起来。

她回过身，妩媚地看着丈夫，嘴角似笑未笑，两只颤巍巍的白手臂上划着两百多条颜色，好像数不清的软湿舌头喧哗地诵念它们对世间的嘲讽，不带一丝感情。

伍·远山有灯

今天非常长,很多街道
行人交错成恍惚的梦
终于我找到自己的青苔路
雨下过了,今日的太阳正在驾马
我是最早响起的銮铃

茶则

他立在窗口有一会儿了，冬天的阳光进来小坐，风来了又走。

走了又来，风。窗台上挂着的蟹爪兰伸出长爪开着一朵红蟹夹，不剪风的长袖，也不剪阳光的游丝，这样平和的午后不该存有敌意的。风偶尔翻身，半片阳光照在茶几上，电壶一阴一阳，水声喧哗，炉座上的一点红灯便有了热闹的感觉。但壶嘴浮升着烟，经阳光一照，倒像人世的聒絮，看久了，又觉得是即将被遗忘的一切记忆。

他想喝茶。午眠醒来，对妻子说。"忌茶的，医生吩咐了……"妻反对。他拂了手，难得有个小兴致，在冬天的午后。妻子听明白，找出早已尘封的茶具，"盖杯还是泡壶呢？"当然按照老规矩，就用那把养得釉亮的小壶，"你也喝。"盖杯是清冷了些。以前独自在书房夜读，偏爱盖杯。一个人拥有静默的时刻。案头积卷都是冷的，杯腹的热倒给他不少安慰，像另一个自己。但是，盖杯太冷清了，他想。

"在房里喝吗？"妻问。不，在客厅吧！今天出点太阳，在客厅暖和些，房里的药味太浓了，喝不出茶香。

就在刚才，妻子扶着他慢慢踱到客厅坐下，茶具都洗了，犹带着水珠，妻子张罗煮水，他独自用干布拭亮那把小壶。凑着稀薄的阳光觑，小壶仿佛醒了，将多年来吮吸的茶油润出，他的脸上浮着安详的微笑，好像茶香刚扑上久经尘封的面目。系着红丝结的那把茶则，经他的手泽抚摸，沁着微汗，古朴的竹身又有抽芽的模样，则面刀雕的几个字："茶，则也"，那字也活了，对他诉说喝茶的一生，其实是在浓淡冷暖中喝自己的规矩而已。他朝则腹吹口气，将浮尘吹还空中。守了一辈子的规矩，冷暖浓淡是自知的，临老了，还求什么呢？只想与共尝汤药的老妻喝一会儿茶，静默地在冬天的阳光里想一两件喝茶的往事，或是什么往事也想不起了，那就喝眼前的茶，一样用无所怨悔的泡法。

妻子说，不记得什么时候开始没添过茶叶了，她打开茶罐，倒出茶屑。随即出门，巷口附近有家茶店，兴许还在，也许迁移了，去瞧瞧。

他倚在窗口目送妻子的背影一直到转弯。她会再回来的，不管有没有茶。电壶的红灯灭了，水已沸腾，阳光悄悄地往下移，那壶现在是全阴了。螃蟹兰的红剪在空中挥动，他手中犹握着那只茶则，像莫名的神也正握着他枯老的瘦体，彼此安详地等待。如果买不到茶，这套茶具还是收起来吧！收的时候也许就想起一两件喝茶的往事了。

如果连往事也记不起了，就叫妻子帮他剪那头荒乱的枯发吧！如果妻子回来的话。

姜母茶

有些滋味，哪怕小到风怎样爬梳发丝，雨怎样沁润龟裂的嘴唇，都必须等到相当的年岁之后，才能玩味其中的深奥。如此说来，当时的经验相对于往后的记忆，就显得粗糙了；当刻信以为真的悲欢与哀乐，经过沉潜之后再回想，恐怕会变得恍惚。犹如一只蝶穿壁飞过，也许留下美丽的图像，也许遗下一股淡香——那是振翅之时无意间漏出的花粉。也许什么也没有，因为忘记曾经有一蝶飞过眼前。

很多年后，她忽然想起那一碗姜母茶。当记忆开始搜索，浮现那碗热茶时，她连自己都惊愕了，并不确定姜茶是什么味道，因为她也怀疑到底喝了没有。

事情发生在一个平凡的冬日，她的孩子受了点风寒，做母亲的她，刻意买回来几只老姜。她并不确定一只姜能否发挥神奇的效力，但因为做了母亲，即意味着生活中流传的小偏方也会成为信仰的一部分。她想煮姜汤，热热地让孩子喝下，也许就好了吧。她陷于自己编织出来的神奇想象之中，用令人信赖的口吻向孩子灌输姜母的奇妙。

"你喝过吗？它真的这样吗？"孩子问。

她遂迟疑起来，在温暖的小厨房里刷洗那只带泥老姜，迟疑地问自己：应该去皮吗？应该切丝还是拍扁就好？要不要放糖？如果要，应该放冰糖还是砂糖？煮成一碗还是两碗？

她怎么也想不起那碗姜茶的味道，如果她真的喝过她的母亲为她煮的那碗茶，今天，她应该会记得姜的切法、汤的热度，以及是不是带着甜味。那么，她一定没喝那碗茶了。但为什么又留着那碗茶的印象？而且，记得是她的母亲为她煮的。她不免有些沮丧，仿佛遗失了美好的一页，如今不晓得如何编理缺页的记忆。她只记得事件在一场争执中进行，她对她的母亲起了强烈的敌意，像所有年轻的女孩儿一样，不惜故意糟蹋自己为了让母亲更加刺痛、更加手足无措，她知道这样做最能伤害亲近的人。她的确这样做了，故意的（她想起当时那种故意作对的心理，此时不免喟叹）。在持续的冷战之后，忽然有一个声音从房门外飘进来："……热的姜母茶……"她甚至忘记这声音是委曲求全的母亲，还是在母亲的指使下，负责传话的其他人？

病是怎么好的？想必跟那碗姜母茶无关，想必，那碗茶她也没喝。神奇的是，传说专治风寒的姜母，居然成为她信仰的一部分，在不曾验证之下，如今，换她刷洗老姜，想治她的孩子那点小小的风寒。

她想，就按着一个母亲的想象去煮吧！加点冰糖就好了，虽然不确定姜母的神奇，但至少，她可以这么对她的孩子哄：

"热热地喝，很好喝，甜的呢！"

寻找薄荷的小孩

我不知道她到哪里去了,至少,我确定在茫茫沧海之中,我和当初的那一群小孩,都像被撒入海中的一把粗糠,随着潮汐而漂浮。如今,我停泊在狭小的港湾,而她,是否仍在海上风暴里沉浮,抑或早被鱼群吞食,我真的不知道,也无从知道了。

她是我的启蒙师,其实只比我大一岁,留着西瓜皮头发,同样又干又瘦又小。但她对于树木花草的常识却比我丰富,在平原的农村里,第一个教我辨识海边林投果与凤梨之差别的就是她,至于防风的木麻黄与高山松针也是她告诉我的。可笑的是,我用她教我的常识在野外辨认植物的比赛得了奖状,而她却遥遥挂尾,因为许多生字不会写,在"木麻黄"那题格里,她说她只会写一个"木"字。

她与我坐在一起,小学老师为了提高学习成绩,刻意把功课好与功课差的编在一块儿。一起写字,一起打扫户外,一起种菜,一起上厕所。但她的成绩并没有进步,每天早上我叮她:"生字写了没?"她溜着大眼睛盯着百褶裙,随即又高兴地问我:"你今天便当带什么菜?"就这样养成每天早上交换看便当菜的习惯,而且非常神秘,掀一道小缝快速瞄一下，马上盖紧交回对方，这些动作都在桌底下进行，好像两个匪谍交换情报。其实都是萝卜干主题，但我因为父亲卖鱼，天天塞鱼，她家卖菜，天天塞菜。我们偷看之后，总是下一致的结论："又是鱼！""哼！又是菜！"她老是不能控制口腹之欲，顺道把便当吃完。我们原本说好中午吃便当时交换菜，一直没换成。

也许吃饱饭有力气了，朝会唱歌，她的声音特别大，连校长都会悄悄回头瞄她一眼。她的节拍又抓不紧，前奏未完就起头，全校被搞得一起快唱，旗才升到一半，已快唱完，逼得升旗的女生拉杠杆似的拉到顶就算了。

中午吃便当，她就溜到操场荡秋千，百褶裙张得像伞，快碰到大榕树的头顶了。我坐在教室里可以看到她荡来荡去，偌大的操场就她一个人，我吃饭一向慢，别的学生开始往操场跑，她就改坐在秋千板上闲晃，一手抓着另一台秋千绳，不给别人玩，待我解决掉便当，跑去找她，荡没两下，又得进教室午睡了。

她还教我怎么逃过男生们的欺负，通常玩躲避球时，敌方的男生都十分默契，一定先打死其他人，把场子空出来，最后才全力攻击我。她虽为敌军，却很护我，大叫往左、往右、趴下，但我仍然被球砸到，衣服上一团大球印。她看我这么不成才，打定主意叫我下回跑出场外"自动求死"。有时，被欺负得心头很酸，不免吸鼻子掉眼泪，她就说："我替你报仇！"她的报仇方式很简单，回头狠狠地瞪男生一眼。

不过，我也替她得了一面奖状，我教她这次月考交白卷，下次月考再答题，终于得了"进步奖"，赏铅笔一支。严格说，不能算我的功劳，因为交白卷那回，她的手心被打得发红。

我与她只合坐一学期，编班之后少有来往。但我永远记得，分散前有天中午，她不知道从哪里摘来几片茸茸的叶子，告诉我那是薄荷。那天的午睡，我完全睡不着，嘴里含的薄荷叶凉得让我拼命吞口水。现在的我对薄荷茶特别喜欢，应该是她赐给我的。

　　"我替你报仇！"曾经有位寻找薄荷的小女孩这样对我说，也是唯一对我说这话的人。但我不知道她漂浮在哪一处海面，如果她像我当初一般哭泣，希望换我对她说："我替你报仇！"

铁观音

"总共十公斤,后天来拿。"

送茶的工人开车走了,她手上的碗筷不因为来客而放下,中饭时间,电视的连续剧正在开演,她一面扒饭一面提高警觉,看今天的戏文对不对昨天的尾。那工人不必招呼,熟透了是另外一回事,这小子她一向不把他装入眼眶里,抽烟吃酒嚼槟榔还好说,那副流里流气,浑身上下没一块骨头是正的,一看就知道会抛弃女人的。

她女儿就是被坏坯抛弃的,落得她这个做妈的街前巷后抬不起头还算事小,丢个小油瓶给她,自个儿挣钱跑天下去了。小油瓶岂是好玩儿的?能拴在裤腰遛街吗?甭说别的,提个菜篮上菜市,还得空只手随时打弯她的老腰替这小油瓶捡奶嘴。

女儿年轻貌美,往哪块天边打天下她这个做娘的从来不知道,良心发现啦就汇个几千上万回来,她从汇款的数目猜她女儿吃饱穿好不。有一回,天地良心一张支票四万块,她这做娘的跩了,会撒娇了,叉腰歪在门边对送茶工人说:"不捡了,眼疼!"关起门来求爷爷告奶奶,千万别跳票,挨到兑现日期,银行里排队她一张脸宛如将丧考妣，确定那笔钱鸡蛋似的滚进她的户头，她差点杀鸡宰鸭上行天宫谢红脸关公！

"我丫头，孝顺！"她街头巷尾抬头挺胸像一只咯咯咯的火鸡母。

可是人说一福必有一祸，全败在这小油瓶手里，急性肠炎三更半夜抱进计程车："你给我找最好的医院！"开车的大概心想小孩贵气甭医碎了，驶进本市最贵的诊所，专养权威大夫的那家。这还了得，五六天点滴吊了几多瓶，收到账单她两粒眼珠掉到地上又弹回来，老本儿被挖了矿。回到家，这小没良心的扯她衣角："婆，糖糖！"她一巴掌赏他的小屁股球，嗬！哭得中气十足算他有理。她关起门扯喉咙大啼："跟你爷跟你爹一样儿，蚀本讨债的！呜呜——"这话不能给街坊知道，当年那死没良心的也舍了她母女。

开了门，人前说话她可溜了："给他找最好的医院、求最好的大夫，可怜这没爹半个娘的，我这做婆的不疼他，谁疼哟！"人家怎知道她咬着舌根说的？

这条小街，没个闲人，三姑六婆小孩媳妇，家家摆个大竹盘，坐在板凳上捡茶叶梗做手工，多少攒点私房钱。她心想别的活儿不中用，捡梗倒还利落，她一双眼睛精得出水这不骗人，可是不好意思向人开口讨差事，三天两头转到人家家里帮忙，混熟了开口容易："我看这样好了，下回算我一份，成天被小仔仔怄得心浮气躁的，我得静静气！"做习惯了，也变成元老。

她哪里静得下来，屋子里婆孙两人，小的使小性子，大的发大脾气。别的忙不帮，这小油瓶专把茶梗屑倒回茶叶堆，她能不怄吗？老是掌他屁股也不管用，哭闹一阵又笑嘻嘻看他的电视卡通。她心里可真寒，年纪小就懂得扯奶奶的后腿，长大了，怕等不及她咽气就往坟坑扛！她一面捡一面甩眼泪鼻涕，还不如去死！死又能怎么死？舍不得他，好歹他也是一块活泼的肉，夜里搂着奶奶的脖子睡，半夜里摇醒她："婆，嘘嘘！"

她一想到这儿，气他的泪水又变成疼他的哭法。

她把气理顺了，想起人说天无绝人之路，明天发工资，好几来千，送茶工人后天取货就来吧，她手脚利落这不假的！女儿汇不汇款随她良心，她膀子虽疲了靠个小油瓶还绰绰有余！

"仔仔乖哦，婆捡完啦炒饭给你吃哦，仔仔饿了吃糖糖哦！"

可不是，她想，就算婆孙俩喝西北风，也要喝添盐拌糖的那种。

面茶

她留给我非常温馨的记忆，像孩童躲入母亲柔嫩的臂弯里午眠，嗅着母亲身上的气息，这气息成为他记忆里最安全与温暖的片刻。每当我发觉自己又暴露尖锐的脾气时，我便想起她，但愿自己能像她那样和煦，安安分分地通过命运里的激流。

我喊她大姑，却弄不清楚她与我家是什么亲戚关系。村子里的人都习惯兄弟姊妹相称，也许，只是一般的敬称吧！

她的夫家住得远，部分田地在我家附近。每天早上，天才刚亮，她骑着脚踏车，后头随着一条狗，来巡田水。我在屋里听到狗吠，也听到她呵斥狗儿不要吵闹，那温柔的女声。

她的温婉有时显得极度害羞，不像年轻些的姑嫂妯娌，敢大剌剌地河边说笑。村里偶有婚庆之事，她总是默默地躲在厨房、后院帮忙，主厨的师傅莫不称赞她的手艺，然而当大家吆喝上桌喝酒，她早已骑车，带着那条狗回家了。有一回，大人派我去接她回来吃酒席，待我骑车到她家，她正在厨房张罗晚饭，我说："免煮了啦，一家统统带去，还免洗碗咧！"她似乎非常感动，好像从没有人这么体贴她一样，她问我吃过没，我老实地说："没有。"硬是留我晚饭，不断夹菜，不断称赞我是何等乖巧、懂事，双唇凝成一枚静静的微笑。她的丈夫、儿女在镇外工作，她也习惯用这样的微笑，等待他们归来晚餐吧！

不曾听说关于她的流言，那些好传家务的人提起她，也显得无话可说。她一直独来独往，也许，她的心事都向秧苗说了吧！

春耕的某个下午，她提了一袋面粉到家里来，脚上仍沾着田泥，那条狗的尾巴也被软泥浸硬了。她要借灶，替工人做点心。家里只有我在，帮她剥蒜头、生火，她的手脚伶俐，刷锅、下油，又汲了一桶水，倒在第二口锅里准备烧开。我站在灶头，看她把雪白的面粉慢慢炒成金黄，蒜香四溢，闻得人饿。"做面茶啊？"她仍然那样安静地微笑，那双安抚秧苗的手也善于抚慰周遭的人们。她把熟面粉装入锅里，又灌一壶开水，几副碗筷，我与她一起走过田埂，那条狗早已跑到前头，对耕种的人吠叫了。日后，读到《诗经·七月》"同我妇子，馌彼南亩"便想起这一幕，她为我调的那碗面茶，甜甜地浸入童年的记忆里。

日后，知道更多关于她的往事，原来是我们家流落在外的骨肉，那是上一代不忍再提的隐痛。难得的是，她像弃婴一样辗转成为几家的童养媳，却仍然静静地微笑对待周围的人，不曾有一丝愠色。我忽然了解为何她对我特别关爱，如果命运不来捉弄，站在家里的灶前观看炒面茶的人，应该是她吧！

也许，她也把心事说给狗儿听了。天才刚亮，就听到她呵斥狗儿不要吠，那温柔的女声。

217

茶枕

一座杯盘狼藉。客人走后，厅内悬垂的大灯散发幽浮的光芒，在深夜里，仿佛鬼火蝇集，嗡嗡地舔食残果冷羹，以腥臭的长舌。她打了个哈欠，擒着抹布扫残，像赶鬼的人。

仍听到主卧室里抽水马桶的声音，夹杂一阵怪怪的浪笑。主人们都是夜猫——主人及他的新欢。

这是她的第一份差事，职业介绍所的人特别恭喜她，这家主人生活富裕，常有牌局可吃红；大宴在外小酌在家，烟酒菜茶，出手阔绰，个把月下来，小费不输本薪。她心里疑惑，这等美事还轮得到她？职业介绍所的人说，这家两口子都是夜猫，上了岁数的欧巴桑熬不来。

她一面清洗杯盘，一面揣测：照乡下人的说法，这对男女大概是饿鬼投胎的，昼伏夜出。来的客人没一个品貌端正，好似青面獠牙。她不知道这些人干什么活。以数十年早睡早起的农家时刻表来看，她想象不出哪一行光靠白天睡觉夜间取乐就可以挣银子的。

人家命好，她这么下结论。

命歹的侍候命好的,她推敲这道理,免不了有一口不敢吐息的怨气。和室的橡木地板上烟灰散漫,茶渍到处可见,她拧布,跪着擦拭。忽然伸出指头在板面上写数字,算了三次才把身边的款项加出来,不少呢,她欢喜起来,忘记迟困的疲倦,今天可以上邮局汇回家。她想象儿女们现在正睡在家里的床上,那也是木钉的,像这橡木一般硬吧!天亮了,他们会穿上制服,背书包上学。书包里有个便当,热乎乎的饭菜,她的婆婆一大早做的。她想,自己也是个好命的人,像发了慈悲,把四扇障子门的方格也拈指擦拭了。

茶几上杯壶已冷,闻香的、品茗的杯交错放置。女主人喜欢繁文缛节,一壁的各式壶组,摆饰的意义多过实用。她教她养壶,平日泡各色茶叶养各款的壶,乌龙茶养乌龙壶、龙井茶养龙井壶……她绞尽心力才弄清楚怎么喂壶,不比喂鸡喂鸭喂猪简单。她每次进这间和室,总会心惊胆战,生怕打破赔不起,怎赔得起?那些个壶加加减减值过她家三分田!

今天得记得拭壶,轻轻地擦亮,像擦婴儿的脸。她眼前浮现丈夫那张蜡黄的脸,上回寄的秘方不知道有没有效?如果那层蜡能换到壶身来,就太好命了。

她把泡软的茶叶拧干,用托盘盛起来,希望天亮后出太阳,让她把个把月存下来的废茶叶都晒干,将来做几个茶枕,婆婆喜欢睡茶枕。

她算了算,又欢喜起来,够做五个茶枕,包括自己的在内呢。

女侍

她说，年少爱穿白衣，怕掉黑发丝；现今偏爱黑色，怕掉白发丝。

哪，第一泡切记迅速倒掉，清灰尘的。第二泡不妨浸久些，才甘。你爱甘醇还是清香？她说。

流水潺潺。茶馆主人心思巧妙，室内竣池，池上搭座小木楼，檐边垂下常春藤，像不能卷的帘子。顶壁悬挂棉纸宫灯，一团明月在池面上飘忽。

作家是什么？她问。

作家是……嗯，作家是清道夫，专挖人生的耳垢！我说。

你写快乐的故事还是悲伤的故事？

啊！恕我心眼拙，只看到悲伤的故事。

更悲伤了？她说。

不，写透悲伤的，才快乐些，这是我的福气。

人，很少看到自己的福气吧！她说。

她素净的圆脸在凝思中焕发光华，黑色毛衣裹住丰腴的女身。是有些白发了，芒絮似的。她搂住双膝，轻轻地晃动，和着流水的韵律。

生命的繁花应声而落，还给水流。她是个女侍。

我的福气是看腻了荣华富贵，所以，来这儿，学泡茶。泡得不够好。她说。

看得出，那双手经年累月闲置着，仍像水果鲜嫩。是个少奶奶的命，精粮细脍，原是她的福分。后来呢？良田千亩上看见路有饿殍？还是家道萎落，发现朱门青苔？

都不是。她说。

那么，是厌弃在绫罗绸缎里当一只金蝉。多可惜啊！人会这么惋叹，一个不知好歹的少奶奶，甘心提壶煮水，对客人说：泡得不够好，请慢饮。

初识她，在医院，她正在喂朋友稀粥。见了我，对垂老的病人说：我赢了，今天有人来看你！以情人娇滴滴的口吻。她是个朴素的看护妇。

按着住址上她那儿取朋友的遗物。庭院深阔，枝头上众鸟争鸣，以为又当起豪门女仆。突然衣冠楚楚的小少爷搂着她，叫妈妈。她悄悄地说：下回到茶馆找我，去应征了。

我在悲伤里抽丝剥茧，纺织快乐；她将快乐的锦衣剪裁，分给悲伤人。荣华或清苦，都像第一遍茶，切记倒掉。而浓茶转淡，饮到路断梦断，自然回甘。

最丑的茶杯

她忽然打电话来："你捏的杯子烧好了，给你送去！"

有些世事人物，一隔就像一甲子，任由时间流逝也不知道疼惜。我是个不喜欢回顾过去的人，尤其是切身的经验，每隔一段时间，总会清理记忆仓库，将那些人物情节投海，沉沉浮浮随它。她不找我，我势必逐渐遗忘她，包括我曾与她到陶艺舍捏过的那些杯盘。

为了捏陶，得把指甲剪了，她挺个大肚子，正在扒那座夫妻陶像的内体，我卡卡地剪指甲，指甲片掉在陶土上，像弯刀。待我抬头，那夫妻又变了面目，体大而空洞，脸部纠结甚至狰狞，男的似在枯思，女的肌里流窜一股压抑过久即将爆破的动力，她从沉思中抬头："怎么样？"我盘算这个新婚甫一年即将生产的女子，她的手说的比她的嘴更多，"干吗这么痛苦？"我漫应着，把泥上的指甲片一一拈出，不知要捏什么。肠子打结的花瓶？张个大嘴巴的男人头烟灰缸？拴红麻绳的五爪牛铃？盘条小蛇当耳朵的茶杯？或者尖叫的裸女？

"我捏个夫妻杯算了！"她抬头说。那尊像重新回复一摊软泥，她搓成一团，又擀成长条，圈得十分圆满，两只杯一大一小，我不必再问连这种饮水生活也要分谁是大的，谁的小。我与她毕竟只有数面之缘，她不善说，我不善问，泥巴里各自的性情分明，倒是同一路数。我捏了一对碗，她嘻然取笑："一看就是夫妻碗嘛！"若是夫妻碗，这碗饭一定不好吃，因为碗口沿线都不打平，割嘴的。

她把我捏的杯子带来了，其他的未烧即裂，就剩这个最丑的茶杯。得意之作想来都挨不过风干，更不必提火炼，规规矩矩的才长久呢！我不喜欢这个杯子，它是个讽刺。

她爱茶，也懂。两人窝在客厅里闲话，共同的经历太少了，难免出现冷场。她不像孩子已周岁的母亲，也不提这些，坐着不动，像一枚蝉壳，又忽然高兴起来，用非常妩媚而缠绵的神情喝茶。到底没问那对夫妻杯的饮水生活好不好使，还有那尊像呢？后来又捏新的吗？还是一贯痛苦的主题与手法吗？"我捏不出快乐！"她的神色带着暴风雨之后的清寂。

关于那个最丑的茶杯，在插了几枝枯干的血玫瑰之后也丢了，因为它会渗水，这使我安慰不少，毕竟规矩的背后也隐藏不完美。如果再遇到她，我会记得告诉她这件快乐的小事，但，这可能是一甲子以后了。

陆·天涯海角

你所在之处
是我不得不思念的天涯海角

美丽的茧

　　让世界拥有它的脚步，让我保有我的茧。当溃烂已极的心灵再不想做一丝一毫的思索时，就让我静静回到我的茧内，以回忆为睡榻，以悲哀为覆被，这是我唯一的美丽。

　　曾经，每一度春光惊讶着我赤热的心肠。怎么回事呀？它们开得多美！我没有忘记自己站在花前的喜悦。大自然一花一草生长的韵律，教给我再生的秘密。像花朵对于季节的忠实，我听到杜鹃颤巍巍的倾诉。每一度春天之后，我更忠实于我所深爱的。

　　如今，仿佛春已缺席。突然想起，只是一阵冷寒在心里，三月春风似剪刀啊！

　　有时，把自己交给街道，交给电影院的椅子。那一晚，莫名其妙地去电影院，随便坐着，有人来赶；换了一张椅子，又有人来要；最后，乖乖掏出票看个仔细，摸黑去最角落的座位，这才是自己的。被注定了的，永远便是注定。突然了悟，一切要强都是徒然，自己的空间早已安排好了，一出生便是千方百计要往那个空间推去，不管愿不愿意。乖乖随着安排，回到那个空间，告别缤纷的世界，告别我所深爱的,回到那个一度逃脱,以为再也不会回去的角落。当铁栅的声音落下,我晓得,我再也出不去。

我含笑地躺下,摊着偷回来的记忆,一一检点。也许,是知道自己的时间不多;也许,很宿命地直觉到终要被遣回。当我进入那片缤纷的世界,便急着把人生的滋味一一尝遍。很认真,也很死心塌地,一衣一衫,都还有笑声,还有芳馨。我是要仔细收藏的,毕竟得来不易。在最贴心的衣袋里,有我最珍惜的名字,我仍要每天唤几次,感觉那一丝温暖。它们全曾真心真意待着我。如今在这方黑暗的角落,怀抱着它们入睡,已是我唯一能做的报答。

够了,我含笑地躺下,这些已够我做一个美丽的茧。

每天,总有一些声音在拉扯我,拉我离开心狱,再去找一个新的世界,一切重新再来。它们比我还珍惜我,它们千方百计要找那把锁解我的手铐脚镣,那把锁早已被我遗失。我甘愿自裁,也甘愿遗失。

对一个疲惫的人,所有的光明正大的话都像一个个彩色的泡沫。对一个薄弱的生命,又怎能命它去铸坚强的字句?如果死亡是唯一能做的,那么就任它的性子吧!这是慷慨。

强迫一只蛹去破茧,让它落在蜘蛛的网里,是否就是仁慈?

所有的鸟儿都以为把鱼举在空中是一种善举。

有时,很傻地暗示自己,去走同样的路,买一模一样的花,听熟悉的声音,遥望那扇窗,想象小小的灯还亮着,一衣一衫装扮自己,以为这样便可以回到那已逝去的世界,至少至少,闭上眼,感觉自己真的在缤纷之中。

如果，有醒不了的梦，我一定去做；

如果，有走不完的路，我一定去走；

如果，有变不了的爱，我一定去求。

　　如果，如果什么都没有，那就让我回到宿命的泥土！这二十年的美好，都是善意的谎言，我带着最美丽的那部分，一起化作春泥。

　　可是，连死也不是卑微的人所能大胆妄求的。时间像一个无聊的守狱者，不停地对我玩着黑白牌理。空间像一座大石磨，慢慢地磨，非得把人身上的血脂榨压竭尽，连最后一滴血水也滴下时，才肯利落地扔掉。世界能亘古地拥有不乱的步伐，自然有一套残忍的守则与过滤的方式。生活是一个刽子手，刀刃上没有明天。

　　面对临暮的黄昏，想着过去。一张张可爱的脸孔，一朵朵笑声……一分一秒年华……一些黎明，一些黑夜……一次无限温柔生的奥妙，一次无限狠毒死的要挟。被深爱过，也深爱过，认真地哭过，也认真地求生，认真地在爱。如今呢？……人世一遭，不是要来学认真地恨，而是要来领受我所应得的一份爱。在我活着的第二十个年头，我领受了这份赠礼，我多么兴奋地去解开漂亮的结，祈祷是美丽与高贵的礼物。当一对碰碎了的晶莹琉璃在我颤抖的手中，我能怎样？认真地流泪，然后呢？然后怎样？回到黑暗的空间，然后又怎样？认真地满足。

　　当铁栅的声音落下，我知道，我再也无法出去。

　　趁生命最后的余光，再仔仔细细检视一点一滴。把鲜明生动的日子装进，把熟悉的面孔，熟悉的一言一语装进，把生活的扉页，撕下那页最重最钟爱的,也一并装入,自己要一遍又一遍地再读。把自己也最后装入,甘心在二十岁,收拾一切灿烂的结束。把微笑还给昨天,把孤单还给自己。

让懂的人懂,
让不懂的人不懂;
让世界是世界,
我甘心是我的茧。

初次的椰林大道

椰林像两支雄赳赳气昂昂的队伍，以标准的立正姿势，凛然的英雄气概，耸立于大道的两旁。那挺拔的气魄、划一的排列，让整条大道充满着不可侵犯的盖世之威风。

第一次踏上大道，我便有"阅兵"的感觉。

真的，从没走过像大道这样令我胆怯的路，而且还是在天空正蓝、风正大的仲夏下午。

我想，我是椰林大道上有史以来最胆怯的小贵宾了。我真的只走到一半就走不下去了，这也难怪，一双见惯了崎岖曲折、羊肠小道的眼睛，突然一下地看到坦荡荡、直躺躺、高矗着椰子树的大道，怎不倏地心跳加快、胆战心惊呢？于是，我便真的怯生生地向后转，回到大门口去坐着，任那吹到一半的欢迎号角变成浑厚的暗笑之原音，任那为我而敲的傅钟不知所措地敲完二十二响。

以后走椰林大道，心情就轻松多了。渐渐地我发觉，其实椰林大道并非如第一眼所见的那么直挺挺、硬邦邦。大道，原有大道之风风雨雨之狂沙；椰林，也有椰林之春之夏之晨之黄昏，以及晚霞掠影、深夜清光，美之种种。

春天的时候，椰林大道是最逊色的了，因为比不上两旁情人道的花团锦簇、杜鹃缤纷。春季里的情人道，是条最罗曼蒂克、最适合同行踽踽的花之小径，而椰林大道则是车来车往、行人匆匆，弄得一身灰衣大氅，也吹不来片片杜鹃别襟上。春天，真是偏心啊！但是，当有一天，我坐在大道旁斜靠着椰子树翻书时，偶然地抬头看看天空，突然，我懂了。原来啊，椰子树们是在天空中和春天打招呼的，难怪我看不到，而且椰子树的心肠也是令人感动的，他们从空中把最细最柔的春风春雨给筛下来，去吹遍淋遍满城杜鹃花红。所以，当春天的影子在花心之最深处时，就是花朵的影子在灰衣之最温暖处时。于是我明白，椰子树原是很粗犷，也很柔情万千的；原是很英雄，也很浪漫的；原是很个人的样子，其实很细心地照顾着花呢！

大道的清晨，令我深深地记忆着，我相信我会记一辈子。

初春的某一个早晨，我的室友打开窗户，很惊讶地叫醒了我。我探头一瞧，也吓了一大跳，窗外灰茫茫的一片，连最近的木瓜树都看不清楚。那般浓的雾，在台大还真是少见。于是，我和她兴奋地下楼去。浓雾中的校园，该是怎样的意境啊？！

我想，我没有办法去描写走在雾中的大道上那种不可能以文字言语形容的感觉。有点像梦中，眼前是灰雾弥漫，身后是漫着浓雾。大道上只有雾，只有我和她，只有似远似近的跫音在雾中散来散去。禁不住回转身来望一望所来所往：来处是雾，去处也是雾。把双眼轻合上，只觉得，如在梦之梦中、幻之幻中；如在天外之天、地外之地。只觉得，来处不知、去处不知、身在何处不知。

渐渐睁眼，隐隐约约见前面有一黑色身影，仿佛在近处，又仿佛在远不可及之远处。我不知前行者是远是近是人，后行者亦不知是真是假是我。又行，远远传来一阵阵鸟声，断断续续，但清脆可闻。鸟声忽而在右，忽而在左，又似在前，又似在后。穷目不见鸟影，但闻其声。若非在仙境，又在何处？若非游于太虚，又在何处？

天光渐明，只见阳光自那云层雾幔中挣着要出来，却怎么也破不开浓雾厚云，便只好隔着雾幔，鸟瞰大地，忽显忽隐了。我恍惚之神初定，回首望她，只见她衣上、襟上沾满微露。而她亦莞尔笑我，眉上、发梢满头雾水。

大道的黄昏是另一番的陶醉，像一首适合大声唱的歌，像一大杯加了冰块的冒泡啤酒。

那一次，我借了脚踏车去办点儿事，回来时骑到一半路，忽然想轻轻松松地把大道辗上一遭。于是我就调头，从振兴草坪开始骑起，疯疯癫癫地"蛇"行了起来。大道上人少，所以我敢大胆地从左边情人道穿过大道弯到右边情人道，再从右边情人道穿过大道转回来，就这样弯来弯去，心里乐得什么似的。两脚有一搭没一搭地踩着，慢慢享受晚风从发间过境的那种舒服。嘴巴大张着，虽然唱不出什么好歌来，随便哼一通也是很有意思的。徐志摩说，他曾偷尝过不少黄昏的温存。我没他那么风流，我是偷尝了一大口黄昏爷爷的啤酒的那种快乐与畅怀。

若说到夏季最末期有风的椰林大道，那真是充满着迷人的夏威夷情调。

阳光，总是不需吩咐便洒下一大把的。第一棵椰子树，把部分叶的影子投在第二棵树干上。第二棵椰树，也毫不吝惜地用叶子去为第三棵椰树挡一些阳光。风，开始去和叶与影嬉戏，树梢便把窸窸窣窣一阵大一阵小的笑声广播出来。如果这时候，远远的大道那端走来一位穿圆裙的女子，你几乎会以为自己正置身于热带的某一处沙滩，而远方走来的便是一位长发过肩，斜别一朵红花如太阳的女郎。她手腕上的镯声就如狂风吹过椰叶一般地浪荡。她那浓黑的眉，驻水的眸，火红的唇，就像是雨也无法淹冷的热情。她那裸足的步调，向来是缓慢且婀娜地走着。她那印着野红花色的裙裾，向来是飘飘然地与椰影共舞，与你的眼神同步的。

我几乎要做起这样的梦来，如果不睁眼的话。只是一睁眼，何来沙滩？何来咸风？更遑论热情的女郎了。我在怀疑，到底是我的幻想太丰富，还是椰林不堪单调，遗落这般令人向往的梦魇给我？

有一次，我很清醒地抱着书本要到文学院上课。我之所以强调"清醒"，乃是因为人在不清醒时，总是会东想西想，自顾自地陶醉起来，走上椰林大道时，我还是很清醒的。突然，不知是什么东西，掉在我的头上，我用手一摸，忽然醒悟过来，原来是椰子树上掉下来的东西。我不知如何称呼它。抬头一看，树上还有许多，真恨不得手边有一根长竹竿，好好地敲上几竿。我在想，当那些小东西从高高的树梢掉下来的时候，该是何等的美哟！如雪花飞舞，如轻巧的雨点，纷纷飞哟纷纷飞，纷纷洒下来，让人头发也是、衣襟也是，拂不尽也吹不完。我在想，这多像是洒在新娘身上的祝福啊！只是谁是那令人钟爱的新娘，让椰树为她一遍又一遍地练习着挥洒的手势呢？我在想，从现在起，我得好好地留意是哪一丛花哪一棵树要办喜事才行！于是，我开始很不清醒地坐在教室，心，老早就逃课了。

也许，每个人的心中都存在有一条大道去收集年轻时候那些热烈如雨点的脚印，去谱下疯癫时乱吐的音符，也去存盘日常生活的只字词组，断简残篇。我的心中也有这么一条大道，那是我年轻岁月种种美丽种种天真的储藏室。那儿保存着小小年纪时，辞句鲜嫩的诗之原稿，也有情书若干，以及不可思议的极喜极怒极乐之若干。而我的大道上更有两排高大的大王椰子，把天空撑得愈来愈高、愈来愈蓝。于是，湛蓝是封面的颜色，白云是拭净的布，雨是洗尘的水。然后，风去烘干，太阳去晒亮。于是，我的诗词原稿、情书若干，便不易发霉，不会有书蠹。

于是，我便永远年轻。

白千层

那年我大一,好不容易从训导处办完事,匆匆忙忙赶着去上课。从普一旁边穿过时,突然有一棵高大的树吸引了我,我从来没看过的,奇妙透顶的树。树皮一层层的,仿佛要脱掉旧衣换新裳一般,拉拉扯扯个没完没了。我不禁停下脚步来,仔仔细细地看上一遍,伸手把一片要掉不掉的树皮扯下来,往书本一夹,又匆匆跑走了。

就是因为看树,被教授说了几句:"怎么这么晚才来?""因为……办事情……"我怯虚虚地说。"办事重要还是上课重要?"我默默地坐下,鼻头也酸了一下。当然,那堂课说什么我也听不进去,心思乱七八糟的,笔记上涂了几个愤愤不平的字,总觉得有一点点委屈……打开书本,看到那片树皮,顺手便玩弄起来。小心仔细地把皮上的黑渣儿剥掉,干干净净的活像一张纸。我不知哪来的灵感,拿起笔要试试能不能写字,哟!居然能写,而且还好写得很哪!于是我大发奇想,写上几句"扣人心弦"的句子,把软软的树皮掐成桃心形,要不是四周都是男生,我八成会把它送出去的。剩下的树皮被我揉成一团,夹在指间把玩。我又突然联想到家里酱油瓶上的软木塞子,听说可以当橡皮擦用的,不知道这团软树皮可不可以用。于是摊开笔记簿,试着把那几个愤愤不平的字擦掉,舌尖上沾一沾,居然擦掉了,心里一下子乐得什么似的。那年我还是大一的新鲜人哪!

后来在总图旁边也看到了这种树,而且更让我吃惊,简直是不可思议的,满树上浅、黄、白,一撮一撮的,那么奇奇妙妙,打从长眼睛也没瞧过。风一来,就东摇西摆,活像千只万只的小毛刷,也不知道要刷树皮上的老皱纹呢,还是要刷树叶上的灰尘。真搞不懂它!不过,虽然猜不透它,看到千万只风中摆动的小毛刷,心里的阴霾早就没影了,就算有再多的不愉快,也会被它们刷得清洁溜溜的。我就想,这树到底叫什么名字?应该也有个极令人喜欢的名字才对!该不会叫"木棉花"吧?树上一簇簇的,也很像白白的棉花,摘了填饱夹里,怕不缝出好几百件暖和和的冬棉袄哩!于是!我就自作聪明地叫它"木棉花"。

有一天,我和俐姐聊天,突然想起那些可爱的小毛刷,我很兴奋地告诉她:"总图旁边的木棉花看过没?妙绝啦!"她不解地问:"总图没有木棉花啊——""有啦,花很像棉花,树干会脱皮的那种——""哦,那不叫'木棉花',那是'白千层'。"我吓了一跳,原来不叫"木棉花"啊!不过,我真是服了,"白千层"这名字取得多有学问!的确是千层万层的树皮脱也脱不完,的确应该叫"白千层"。

可不是嘛,树皮千层,树叶怕不止万层哩!

可不是嘛,花也千万层,像吊满树上的小毛刷。

也不知道哪儿脏了,需要这样的排场?该不是白云的衣裳阴灰了，需要择一个有雨水的天气，彻底地刷一刷吧！瞧瞧那阳光下的云朵多洁白，哦！几乎我要相信，白千层的小刷子是为了刷白云的天地游尘的。哦！多像一个满怀关爱的大男孩，连一粒灰尘也不愿他的白云情人沾着，我几乎感动了。

白千层具有不累积怨恨的美德，所有季节留下的不快乐，都会在来春之前脱掉。于是我想到自己——那颗被层层的怨怼包围着的心及心版上愤愤不平的句子……学学白千层，如果脱不掉，就用橡皮擦擦掉吧！写上快乐与感动，我对自己说。

白千层真够潇洒，衣衫不整又不修边幅，但不是脏乱的那一型，朴朴素素地有着大自然艺术家的气质和真挚地对宇宙白云的关爱。虽然风尘仆仆，却依然保有着久耐风霜的傲然。白千层，合该是千年的树。

白千层软柔柔的树皮，是天生用来写情诗的。我从来没写过如此笔触活柔的纸，写出来的字，一个个注满了感情。于是我有个奇想，如果我是个男孩子，我要约我的小女孩，找一棵光线最柔的白千层，合撰我们的恋爱史。把雄健的笔力直透过一千层的皮，复印成千本的史书。让树干脱了一千年的皮，还是绝不了版。让人世间流传着一部旷古未有的恋爱史，上卷是白千层与它的白云情人，下卷是我们。于是天上人间，千年万年。

花之三叠

一叠——天堂鸟

天堂鸟是花中动物，它其实不是花，乃是因为某个特殊且不可原谅的理由，被造物者罚为一只不能飞的鸟，禁锢于花族之中。

世世代代，天堂鸟想飞，世世代代，天堂鸟不能飞。

每次经过水源市场，我总会瞧瞧门口的花摊。如果花色多的话，总也忍不住去赞赏一番。每次，忍不住要留意天堂鸟，像是担心一个被软禁的朋友一般。

当看到塑料水桶里插着一把直挺挺的天堂鸟，心里会有一股偶遇的安慰；可是看到一枝枝花苞被包裹在薄薄的白纸里，又禁不住有丝丝怜意。修长的条叶多像一根根的栅栏，圈住了张翅欲飞的身姿。那层薄纸是人间加上的一道符，为了要遮冷一双渴望的眼睛，免得在运往花市的半路上，自滚滚红尘的绳捆中奋然挣去。我想起遛鸟。

有时觉得，万物的身影中，多有造物者戏谑作弄的笔触。如天堂鸟，第一次遇见它，就晓得这是只谪居的鸟。无法从它那儿听到啼春的欢悦，听到唤偶的急切，听到伤秋的泣泣诉诉。只是一次又一次，被罚去展翅，去振翼，向着天堂的方向，一次次飞落。

多长又多远的谪放，人间竟也有如此的重罚。

当天堂鸟敛起它薄紫的羽毛，摘下橙红桂冠，静栖于高挺的枝托时，一生的练习便算结束。终于，天堂鸟飞离了栅栏，飞开了花枝，如它的心愿，在一阵风中。

天堂之路，仍旧让每朵天堂鸟去努力地说。

二叠——含羞草

你总是用那么敏感的心来回答我的探访。

当你低垂着身躯，近乎是叩地下拜——仿佛这是你唯一懂得的礼节。我不忍再让你知道我的来访。

春殿之中，为何你独独在冷宫？

百年前，是否你也是细裁合欢扇的美婕妤？绽不完的笑容，溢不尽的恩宠，款款是你轻点的舞姿，是你翩翩的倩影。箫笙吹断水云间，凤阁醉饮不歇夜，万里烟箩只为博你一笑。日日春殿怨春冷，我想象你娇嗔的樱桃嘴。

是否年老也是必须？色衰而爱弛，人间自来不许美人见白发。你蓦然回首，乍见一朵初绽的桃花正舞在你昔日的枝头。日日，你步步向长门；夜夜，寂寂是年老的声音。

春殿之中，独独你在冷宫。

我来屈膝寻找你。长门是太长又太狭，好不容易自横冲直撞的杂草之中发现你谪居之处。你正默默从众草的缝隙中睐你那御赐的旧绿衫。我已经无法想象，曾经你也有粉黛年华。轻轻地，我拂去你脸上的泪珠——自从那串珍珠被你退回，你那不欲梳洗的脸庞上就凝挂了点点珠泪，比御赐的还多还亮。我只是路过，顺便问候你，无意撩你的伤心往事。你何必那么羞怯又惶恐，急急披戴那御赐的绿纱裳，敛袂对我叩头而拜？

能说什么？

起来吧！我不是汉皇。

三叠——软枝黄蝉

传说后羿射下了九个太阳，没有人晓得那九个太阳哪里去了？

我猜测，大概统统陨落到地面上，触土成花了。

于是，有软枝黄蝉。

走过一条小巷，有家人的围墙上翻挂了绿油油的一丛枝叶，开了半面墙的大黄花。我愣住了，前看后看一番，愈看愈像是一树小太阳。踮着脚想数数到底围墙内还有多少朵太阳。

朵朵鲜黄欲滴的小太阳躺在腋叶铺成的绿绒上，还猜得出当年的落姿。是合当落在如此软柔的叶毯上，否则岂能免于高坠的摔碎！后羿的箭刺，早被阳光用金线细细地缝合了。这该是后羿万万没想到的；真爱，毕竟没有距离，那天上唯一的太阳，亘古以来，仍旧温暖着他地面上的弟兄。黄蝉总是绽得那么大方，那么笑逐颜开，用愉快的表情和它天上的兄弟招呼话旧。

后羿死了千百年，他的弓与箭也化成了朽土一抔。而太古时候射下的九个太阳，却千百年来，在丰沃的土地上一朵朵地日出。

问候天空

曾经，在课堂上老师口沫横飞地叙述一个古老的神话：一个不自量力的人疯狂也似的追着太阳，终于活活渴死。记得当时自己是个乖乖的女学生，文文静静地专心听讲，照理应该提笔在书页上记下"不自量力"的教训才是。可是，却有一股莫名的情愫在我心底涌出，便锁着眉悼念那位名叫夸父的人。如果他不渴死，一定可以追得到太阳。我想。

某一个夏日的下午，有风。我之所以记得这么清楚，乃是因为这个下午开启了我万里胸怀的豪情，像一把钥匙。我不记得是哪一年哪一月哪一日，只记得自己还很年轻。

天空大大方方地蓝着，在无际的绿稻平原之上。就像夜晚灯下变化多端的蓝色晶体，总让人觉得神秘。可是还不至于深不可测到像一本有字天书。天书有的有字，有的没字，对我而言，无字天书是比较好懂而且内容丰富些。读有字天书需要一等的智慧，读无字天书，则需要一等的心情。那天下午，我读的是一本全开蓝底没有封面的无字天书。踩着脚踏车，左看、右看、上看、下看，反正没有字里行间。书名叫《天空》。

蓝色令我心旷神怡，让我想笑。而远远天边堆垛的云朵，则让我向往，让我想跑。

蓝的天空与白的云，向来是大自然最活泼、亮丽的打扮，像个热爱自由的少年，当然，也十分热情。每次看到那么亮蓝的天空与洁白的云在平原之上耳语时，我的心情就倏地开朗起来。抖落凡间俗事，不再关心计较杂务总总，只是想笑、想跑、想攀登那仰之弥高的云之山峦。对我而言，我最向往的山峰，即是最高的山峰，与实际高度无关。云，即是最高的山峰，高到只能用眼睛去攀登。我向往有一天能躺在云峦那柔柔的曲线里睡一个宁静的午觉。这说来可笑，但我无法禁止自己在看到云朵时不兴起这样的念头。于是，望天的脸庞虽是充满喜悦与笑容，望云的眼神，则是永远不见答案的天问。

那天，看不见阳光，天空是带着神秘的温柔。而云，那真是诱惑。一团团地，像一头撞进太阳的怀里般，沾着粒粒金粉。天边成群的云山云海，则干脆把太阳搂入软绵绵的怀里，云端四周就多了一层薄纱似的淡金黄色的镶边。只看见太阳赤裸的脚趾在云中伸动，看不见他那张陶醉的得意脸蛋。一切变得神秘，令人愉快的神秘。

我骑车弯进路头，那样的下午只能用来唱歌，歌词里有阳光、绿叶、飞鸟，车轮碾歪碎石的声音是伴奏，风在和音。我弯进路头，眼睛一下子亮了起来；看那么宽阔的石子路直躺躺地延伸着看不见尽头，只中间打了几个小折。看蓝得水水的天，看一团白云恰好在远远的路边的一家农舍的竹丛上头，好像不小心被竹子钩住跑不掉似的。真不可思议，我突然雀跃起来，拼命踩着车直往前冲。路上除了我没有别人，我爱这样宽阔的平野任我一个人乱闯的那种感觉，我爱心房的栅栏一下子撞破了，兴奋的触须痒遍全身的那种激情，我爱这广阔天地只属于我一人的狂想，我也爱风在耳边激动地呼啸，把我的头发梳成虬结的团线的那种痛快。一心一意，我要追赶那团云，趁她还未解掉竹钩时，一头钻进她那如棉如絮又如春日海水的胸怀里。车在颠簸，心也在颠动。恨不得有一双长臂，两手一伸一揽，收集天上所有的云朵，堆成一张弹簧床，轻轻拍一拍，纵身便依偎了进去。于是，我加快速度，决心要追赶那云，啊！云，我的故乡！

第一次，我惊觉到自己有着夸父的血统。

然而云是愈追愈远了。农舍经过了，才发现她在河的对岸平原上。想必是她伶手俐脚地，竹钩上一条云丝也没留下地溜了。不知道当初那个被追的太阳是否曾在长河平野上踏下几个慌张的脚印。也许，云本是行于天上的，不似太阳有火轮般的脚，所以不曾下凡来领受我的盛情美意。不过是我的错觉罢了，只是，这错觉未免太美了点。

如果蓝天是一本无字天书，云必是无字的注脚，而我急速的车痕翻译云的语言于路面上则是最新出版的注疏。天空以变幻的蓝色铺叙，云以干净的手法描绘，然后交给我的眼睛去印刷，我们都在叙述一个夸父的故事，那个古老却仍年轻的神话。

我读懂了这一本无字天书。

从此热爱天空。无论何时何地，总献上我舒畅的笑声与问候的眼神。

后来，我的走姿变了，低着头，不理一切。凡尘太多，把我的心房占得客满。我很少再去关切天空。那时候，我几乎不再读云，曾经，我认为她是诗的放牧者。也不再殷殷探询季节的消息，曾经，我羡慕她是天庭的流浪汉。她的行囊里该有许许多多想象与美合著的故事，而我不再是爱听故事的少年。没有人能懂我望云的眼神。那时，天空是阴的。

梅雨开始，形成雨季。雨连续着，以一种无奈的落姿。日子开始有霉味。如果是一场滂沱大雨，倒还痛快，最怕的是有一搭没一搭的雨丝，像是乌云对大地不休地诉苦，无可奈何。断断续续的雨，就如断简残编；不成句的字，不成字的笔画，组成一篇难懂的文章。诉得出的苦其实不是苦；诉不出的苦方是真苦。云的倾诉，向来谁也不懂，大地不爱做考据。

生命的历程中，其实也有雨季。所有的豪情壮志都在一刹那间被打湿了，像湿了翅膀的鹰，沮丧地凝望阴霾的天空，想要振奋，却挣不断细细密密的网丝；想要展翅，却甩不掉羽翼上凝聚的重露。

乌云至少还有大地可泄漏，不管懂不懂，泄完了，雨季也就过去了。而无处可诉的苦，日积月累地便在内心形成阴沉的气候，形成没有阳光的一方天空。最悲哀的是，明明心里延续着梅雨，脸上却必须堆垛着虚伪的晴朗。生命之中，总难免有这样的季节。

等待阳光，是最折磨的等待，却又不甘心终日梅雨。有一天，路过淡水，见平畴绿野之上，太阳在一堆泼墨似的乌云之中挣扎。时灭时显的光线，在天空中挣脱着要出来。我突然惊讶，内心深深地感动着。大自然总是无时无刻不在教我认识世界，传授给我力量新生的秘诀。天下没有永远阴霾的天空，只要让生命的太阳自内心升起。我感受到日出的惊喜。

于是，我想起夸父，觉得他与我是如此地亲近。我聆听那血液在我体内窜流的声音，并感受到有一股蛮不讲理的生命力，在我的心里呼啸着，说要霸占整个春天。

于是，昂首，问候天空，伸指弹去满天尘埃，扯云朵拭亮太阳。从今起，这万里长空将是我镶着太阳的湛蓝桂冠。

秋夜叙述

蛤蟆与幸福秘术

莹莹，今晚有一只蛤蟆陪我回家。月光隐遁，夜雨呻吟。

没有月光的秋夜，我让计程车在大马路边停。在此之前，司机先生非常兴奋地在车程中演讲家庭幸福之道，我打算下车，他不解。我与他住的山区相邻，他知道我此时下车尚需步行二十分钟才能到家，而且飘雨的泥泞路会使鞋子沦陷。他惊讶地问："你不坐了？"口吻像我刚刚坐在他家客厅喝老人茶，他尽责地向我介绍家庭成员并且慷慨透露保养幸福的秘诀。

我有点歉疚，莹莹。尽管我们再怎么努力驾驭理性运转，某些事情仍会蹊跷地发生，把你带离航道，强迫你短暂出轨。如果你能纵浪其中，倒也相安无事；难就难在既定秩序的运作过度强势，容不下乱臣贼子。如果上车之后，陌生的司机不主动问我姓什么、在哪里上班、结婚没、为什么这么晚回家你老公没来接你……这些不得不拿"真实"材料回答却完全抵触我隐匿自己的习惯的话，那么，我是不会拿出虚构本领迅速给他一个假名、一份待遇普通的工作、一个脾气古怪血压偏高的丈夫，甚至一个刚满三岁的女儿。我进入自己虚构的材料里娴熟地转换语气、情感以及话题（还抱怨保姆费太高，不得不再虚构一个身体堪称健康的婆婆来照顾她的可爱孙女）。他的谈兴被引爆了，关掉收音机（原本正在放送一首吵闹的"你快乐吗？我很快乐……"）从那时起，我仿佛坐在他家客厅，一览无遗地观赏台北天空下难能可贵的幸福小家庭：真实的、有体温的、准时开饭四菜一汤的、每个人微笑时嘴角牵动的幅度相当一致的温馨小户。他劝我不要动不动就跟"老公"翻脸，他说你们女人现在都很厉害，不管真的假的要让"老公"觉得他比你厉害一……（一公分？）这是维护幸福的第一步。然而我开始感到悲伤，无意间勾勒的远山淡月却惹出炊烟四起使游戏变质。好比湖畔垂钓，没半点消息，掷竿喂湖，背起空篓子打算回了，却发现数条大鱼亢奋地蹿出水面，喜滋滋咬着钓竿大嚼。收不回竿，捉不着鱼。我羡慕他，掺着难以自抑的嫉妒，一个在恶街狠巷挣生活的中年汉子能够以洪亮的嗓门对陌生客传播他一手揉出来的幸福，他的心中必有喜乐滚沸。然而，莹莹，悲伤在这个节骨眼产卵，他手中的那种幸福，不是我要的。

空计程车亮起顶灯朝前驰去，鲜黄色的"TAXI"浮在阒黑中有一种蛊惑。虚构与真实的秘密仍在我的脑海翻腾。启动游戏的人半途离席，没有遵守规则去壮大对方信以为真的真实，这就是我的歉疚。可是，莹莹，我怎么忍心在他信任了虚构时告诉他：以上皆非。

雨夜兽

没有月光牵绊，适合一个人走，几盏古旧路灯替潮湿黑夜糅上浮光，光是湿的，饱含水分，几乎往下坠落。整个黑夜固然被可辨识的样品屋、敲去半幢的老宅、布着翡翠色野蕨的砖墙、经年穿旗袍的寡妇开的小杂货店及几条往来人影占据，然而，丰润秋雨将它们泡软，慈悲地晃动着，直到可辨识的一切地标模糊了，涣散了，如滂沱雨海上的浮木与枯草，整个黑夜遂恢复它自己——一头挣脱时间刻度与空间经纬、无限狂野的野兽，自天空降下的雨丝只是它颈项间飘扬的毫毛吧。莹莹，我们从诞生跋涉到死亡，以为走得够远了只不过在它两节脊骨之间绕行；使尽一生气力屙一堆有血有泪的故事，以为够悲壮了，也不过是它挠痒时爪缝里的尘垢。不接受任何颂词与诅咒，它自由变身，易形为白昼，以亮丽的光引诱我们打桩造屋、升火举爨，安心地于弦歌中编织情网，企求攫获永恒。每当月亮爬升，它恢复高贵的黑泽，和蔼地观赏在它身上升起营火、手舞足蹈欢唱古谣的人们；却在饥饿时，恣意闯入亮着灯的房间叼食婴儿，或采摘正在梳理记忆的老妇，或子夜时分吹着口哨归家的壮汉……莹莹，死亡对我们而言何等震撼，对它来说如此轻易。人，惯常在悲愤中谴责命运之暴行，因人相信自身为真，信任世界乃人所经营、拓殖的世界；可是，莹莹，如果我做一种假设，揣想遍世界恒河沙数的人皆是它在自身发肤上种植的耕物，各在自己的单株上研磨生命、孵育故事，并多情地把经历的欢愉与痛楚记忆起来。每个人磨出自己的光色并与他人的缠绕、辉映，成就绚烂且壮阔的光野。而它，不笑不泪的猛兽,仅能透过蚕食我们而取得每一株闪烁密彩的灵光,它必得逐一吞咽殆尽才能获得完整,让腹内永续地保有燃放的光野。莹莹,这样的假设令人难受,因为,我们无法挣脱它的辖区,它有权啃咬我们,如同我们饥饿时打开自家橱柜选择新鲜蔬菜一般,无须歉然。

曼陀罗咒

所以,莹莹,我只有行走。在第一个转弯处,早已人去厝空的院落里,那丛高挑曼陀罗宛如亿年女妖,百手千指地摇晃雪色毒花,形似道士诵咒时摇动的扶铃,密音如水中滑蛇。常在迟归之夜被惊吓,因为月光皎洁时,女妖宛如处子贞静,手中花铃亦如为婚礼盛宴准备,流淌无邪的喜气;若逢酷寒之夜,我疾行转弯,不折不扣撞入她怀里,数盏花铃在我头上互击,倾倒水露,发出叹息似的微音。我抬头,看见不远处高楼边壁嵌着一扇昏黄灯窗,这瞬间的凝聚,静默中浮升惊怖意念,让我必须揪紧衣襟安抚突扑的心脏。她仿佛微启双眸,自高处俯视并以优美手势轻轻逗弄诱魂铃说:"嘘,你什么都没看见,一个跟你无关的人罢了。"啊!一个跟我无关的人必须猝亡或遭受重创。我嗅闻她浑身弥漫的魔味,贴近那一股饱涨嗜血欲望的勾引而无法举足。她知道猎物是谁,她总是含情脉脉地在猎物背脊烙下诱魂铃图腾让巨兽攫食,而后恢复贞静,把玩分得的礼物——从猎物身上剥下的故事,她收藏它们,秘密梳理这些宛如瀚海般的人世故事,从中品味爱的高音与悲之哽咽,臻于感动。她沉湎于感动时,会羞惭地自萎毒花，却在消退时，为了再次经历而高举蹿放的花苞。她需要猎物。

这就是让我惊吓之处。如果行走中不过分耽溺于思索，我总会提醒自己在接近第一个转弯时靠另一边行走，并且故意让思维停滞，不去阅读曼陀罗那永世轮回的咒语。

瘦桥

单纯地行走，感受自己还有体温，凝结于手心微微成汗，可以称作一桩小幸福吧。尤其接近狭长石桥，桥下急溪如宝剑低鸣，划开丛生的杂树与莽草，自是恩怨分明。近桥右侧，原有一小块平地，隐在相思树与芒丛之内，后来，几个无处落脚的都市原住民搭建板屋住了下来，日月尚未调顺，又发现屋倾人空，接着连残屋遗骸也不知道被谁收拾干净，修了一座小土地公祠，没香没火，面溪度日，大约是请它看管私产的意思吧。其实，如果不碍着什么，板屋里流淌的灯光也能给暗夜一点暖意；只是，这些都没有商量的余地了。然而，不管什么样的插曲忽生忽灭，这仍是我最喜欢的一小段路。经过嘈杂俗艳的密集住宅区倏然遇桥，霎时有繁华抖尽重拾素朴的喜悦。可见，山川湖泊旷野之造设自有情理，平原少险，容易把人养得霸气，需要险江来润一润，让人临水观照，看一看水上、水面、水底的世界。这桥接泊两处住宅区，我每日往返，总有从实而虚、从虚而实的跌宕感；日久，倒也乾坤挪移，变成从虚而实、自实复虚了。桥还是桥，只是心转。晴朗之日，偶有钓人，倚桥设竿，不知钓鱼还是钓自己的影子？深溪出过人命，一名泅游的男孩、一名壮汉，说不定不仅两条；白昼里，我怎么探看都很难相信如此平和的溪竟有噬人本领，入夜就不同，森森然若闻鬼骚味，好似冥府里的哭河。

桥上小伫，迎面从山峦吹来秋夜疾风，与雨合鸣，如荒冈上的葬队。闭眼，幻觉有一群欢喜小鬼自山巅跃下，于半空跐足狂奔，通过我，嬉闹地拉扯头发，剥翻外衣，偷舔几寸体温，逝去了。然后，莹莹，我远远听到某一栋屋传来欢唱生日快乐的歌声。是的，莹莹，我忽然微笑起来，如释重负，到处有庆祝诞生的欢歌，到处有握拳捶墓的伤心者。

那阵掠夺体温的魅风，无损我仍是一个有温度的人。它们留下秋桂的清香作为回报，香气断断续续于低空回旋，丰富了呼吸，抚慰着思维，遂怦然摇动，仿佛在天地俱焚的绝望中，跌坐，发现竟坐在湿地上，感受有情的嫩芽正株株破土且穿透我的身躯而恣意抽长；又似在割席绝游的静寂里，忽然萌发想念，无涉一人一事，不附着于孟春立下的盟约或霜降日之饯别，因澄净的想念而心湖平安。莹莹，这就是我欢喜在瘦桥上逗留并视之为"实境"的原因了，虽然短暂，却轻易取得化身的自由，仿若我替雨树行走，它们为我伫立；我替秋风沉默，它们代我狂啸。无须挣扎，自然而然。

寻俑之旅

莹莹，我们的记忆惯常保留发生在某一特定时空的情感重量，却让事件的细节在时间流程里消融，近乎泡影——这是站在后来时间里的我们对往昔引起重级伤害之事件的蓄意回避。譬如，你恨一个人，十年八年后，虽已物换星移，你仍恨；你保留了"恨意"却不愿意保留当时的事件细节以便往后的你有机会重新诠释——说不定诠释之后得到的就不是"恨"了。尤有甚者，为了继续邀集别人"共感"你的恨，你必须伪造（或夸大）事件细节——你知道别人鲜有能力追查、验证。如果有人质疑你的恨，你立刻摒弃之，视为异类。所有这一切只有一个目的：让恨的瘟疫蔓延，让你自己及所恨的对象生生世世永劫不复。

这只是个例子，莹莹。

如果，回忆也是种旅行，若追忆者不能在行前准备浩瀚的胸襟回到过去进行宽恕，将很难修复伤害，遑论赎回仍然钉在恐怖事件中的、数量众多的自己。莹莹，假设每一年的刻度凝塑一个自己，我此时回顾，将看到数十个容貌雷同、神情迥异的自己分置在已逝的时光中相互推衍而生却又肃然独立。她们之中，少数几个属性欢乐，能够愉悦地与现在的我同聚，以八岁的童音、二十五岁的谈话习惯……与今日之我座谈，所陈述的事件，不管隶属哪一时间刻度，皆因现在的我积极参与，使细节发光、情感跌宕、欢乐延展，莹莹，这是和谐的自我伦理，快乐得不怕天打雷劈。然而，大部分的自己依旧陷在时间刻度中无法动弹，如列队的兵马俑，因对死亡惊怖而仇恨的童颜、因流浪而封锁的少女；因爱之幻灭而自弃、因不义而瞋恨……莹莹，每当我踏上回忆之旅，渴望以母性的温柔去解冻，将她们赎回时，那肃杀的目光怒视着，嘴角狞笑着，她们要求一个合理的解释，为什么她们必须遭遇重创，承受连坐酷刑。莹莹，我试过各种听起来合理的解释，但她们依然集体怒斥，讥讽现在的我只是披着华衣的髑髅，是媚俗的弄臣，她们的伤口比我口袋里廉价的欢乐更真实。终于，颓然归返。莹莹，令人头痛的内部对决啊！一个无法在自身之内拥有连续性和谐的人，不能算幸福吧。

瘦桥

一条狗过桥，湿的狗，带病。专心走路，经过我，没吠。忽然停住，甩雨。继续走路，消失。

桥底绿水流淌，几处浅滩竖起水姜，似一群正在发誓的白蝴蝶，薄香；偶有不知名野鸟站在突出的岩块上，引吭，如朗诵它上辈子写的一首诗，无人听懂，飞走。这是晴朗的时节，上游畜牧户尚未排放废水前，天地间难得拥有的短暂欢愉，我没事就会想一遍。莹莹，欢愉令我着迷，当幸福不再是分内的事业时。

沧海一粟

雨夜，使溪身与杂林、灯影与石桥连接成无限延伸的沧海；相互挨近、融合、扩散，时间分解，空间模糊。倚着桥栏杆、无目的凝望的我亦成为沧海的一部分，如一只藏污纳垢的瓶子漂浮着，随水势旋转，间歇地倾吐瓶内之物，终于，那一队坚守敌对阵营的自己亦脱口而出，仿佛泥偶掉入水中。我认得最源头的那张童颜，软丝杂网在她身上交缠寻欢——来自死神猩红大氅上、他所豢养的黑蜘蛛之口；她双眼似刀，仿佛仍看见死神在她面前萃取活人鲜血染那袭大氅，称赞色泽纯粹，随手将一具临死未绝的身躯抛到她前面。我依旧认得在她躲藏的田野之上，是无限璀璨星空，崇高且尊贵，充满神秘的吸引，仿佛任何一个失路人都可以借着仰望而进入冥想，让灵魂获得栖宿。这样的星空，与死神尚未降临前并无二致，甚至连微风梳理竹林，群蛙聒噪的声音也依然悦耳。而她开始不信任神话与祝祷了——那些她自行繁殖、储藏在头颅内的美妙神话。箕踞，嘤泣，头颅内无数瑰丽神话被狂乱的意念碎尸万段。

嚼食月光的猫。善良的小孩不会对路旁的黑鬼菜不敬，因为每一粒黑珠代表一个被囚禁的鬼。丰沛的河乃众神沐浴之处，蛤蜊是他们遗失的纽扣！黑珠很臭，每个鬼都有又臭又长的前世，善良的小孩会采一捧用石头敲破，让鬼们趁夜去投胎。猫当然必须负责嚼食月光，不然睡眠的人会在次日结成一个茧。

她相信这些。

然而一切缱绻的神谕如此轻易地碾为齑粉，她忽然懂得讥讽自己的幼稚，感知生命中充满不可理喻的残暴。她开始发现恨意是一剂猛药，足以让受挫的心灵获得坚定；她决定把恨像一柄匕首插入心中，直到施暴者给她一个真相。

无所谓真相。沧海雨域，以今夜之一粟寻觅彼夜之一粟，两粟之隔，多少人沉沉浮浮杳无踪影，连追忆缅怀的福分都无。而我犹能倚桥伫立，恣意潜游记忆，找到她，回到在那个充满腥味的夜野高高地将她抱起，让她完整地面对无限璀璨的星空，尊贵且和谐，仿佛任何迷途灵魂都可以借着仰望而获得抚慰。然后，从彼夜启程回到今夜，带着她以及因她而形变的她们，让种种事件与瘀伤拆解成纤维，如一缕缕黑丝弃于汪洋。我没有什么真相可以陈述，只有一种渴望吧，在幽然的秋夜独自行走，倚桥凝睇仿若置身无尽藏海，我是那么地渴望拥抱她们，无仇恨作梗，无瞠怒截路，与她们复合如一而成就纯粹的和谐。莹莹，因着这和谐，我遂能预先原宥往后人生道上必然遭逢的噩事，并且相信，噩只能壮大我今夜所寻得的和谐。

就在出桥转弯处，一棵庞然莲雾树下，突然跃出一只蛤蟆，与我偕行数十步后，跃入草丛。

宿罪族裔

那日，在邋遢街道边，我寻到你的背影。都市午后，车潮似群兽奔窜，像末世灾难。莹莹，我看到你，心里欢喜起来，同时交叉往来的百人之中、千人之中，你的身影对我具有意义。我走向你，以平常的速度，足够让我温习你我之间交编的美好时光。莹莹，有些人曾经与我们共同占据某一段时空，也够熟稔，然而分隔多年之后道途相见——假设像那日我先发现你一般看见对方迎面走来，我宁愿折入小巷回避，因为交编的故事枯干了，且没把这人放在心里养着，接头寒暄，也不过是一挂柴米油盐的话，不会问死活的。然而，莹莹，你我交编的故事犹然滋润，如江边兀自开落的芙蓉树，从青年滑入中岁，恐怕也会滑入白发暮年。在那样狼狈的街头看见你，我的欢喜没杂质，莹莹，新友易得易失，愿意跟着老的一二旧识罢了。

那是暴风雨正在赶路的夏季，风云诡谲，时而有一种无邪气息，时而又充满即将爆发的邪恶。莹莹，我看见烈日在你背后烤出汗渍，像酷狱里残暴的小卒用力鞭笞过你的肉体，甚至，把你的灵魂赏给饥饿的狼犬。

你流着泪："活着有什么意义？"

莹莹，我无言以对。像我们这样到了交换几茎白发消息的年纪，杵在大街边沉默，于旁人来看，恐怕很突梯吧！我们的神色看起来不像在为功名利禄谈判或陷入感情纠葛需要彻底解决，谁也想不到是流水人生里劈头问生死的老朋友。我笑起来，因为荒谬具有惹笑的因子，我说："好险，是来找你，不是参加你的葬礼。"

你说有一天会让我看见你的葬礼的，听起来有杀伐之声。我应该引用哪一条经律或醒世箴言规劝一个聪慧饱学、随时激励他人的向上意志却长期对生命质疑的人呢？莹莹，仿佛有一支带着原罪的族裔被押解到世上来，他们通常拥有禀赋和能量，能轻易获得同侪企求不及之物，却不易被窄化的体制收编、把灵魂缴交宝库。他们如此意兴风发，宛若骄子，然而一旦碰触生命议题，又比他人痛楚百倍；他们原应利用禀赋搜寻生命意义，可是那一份资质却更优先地洞悉虚幻。好比交给一个智慧犯利器与幼苗，命他到冰崖植树，绿树成荫了便可免罪，他明知不可能，还会耐着性子掘冰种树？不，他会用利器封喉。对这些宛若宿醉的族裔，旁人束手无策，既不能在初始阻止他们诞生，即意味着日后无法阻止他们自行设定死亡。

莹莹，那日街市，我发现你是他们的一分子；同样警敏如夜枭，聪颖得能凿开形上矿脉，也同样铸铁筑墙固守自己的宿疾。

"活着有什么意义？"

恐怕也到了一种心境，想要试试宛若孤屿的漂流生涯里和谐是否可能？在自体之内、群体之中、生死两岸的。试着在难以铲除的宿罪荒原里清出一块"雅量"，把在外头哆嗦的人喊进来暖一暖。我无法回答生命意义（你比我更擅长辩论），我只确定一件事：我们只有一次机会活着。把外头哆嗦的人喊进来取暖，因为总有一天，一切永远消逝。

莹莹，因"消逝"故，涌生不忍。不忍周遭之人无罪而觳觫，于无尽沧海之间宛如泡沫与我邂逅一场，却不曾从我处听得半句爱语、获赠一两件贵重记忆。莹莹，不忍见其贫。

幸福秘术

跃入草丛的那只蛤蟆，恐怕不会再碰着，就算碰着，也是彼此不识。莹莹，若有轮回急湍，我情愿效微风自由，不愿再与今生所识之人谋面。所以指缝间的日子便珍贵起来，那些未竟之愿、未偿之恩都须在日薄崦嵫之前善终。莹莹，算盘能有多大，滚珠核账都只算出一辈子，何况已蚀了泰半。

如果，你仍然执意自了，我们也不需挥别的礼仪，你有归路，我仍在旅途。但愿到了霜发覆额年纪，我还有兴致虚构一斤柴米油盐，骗驾车的人再教我几招维持幸福的秘术；还有半壁太平盛世，莹莹，让我倚桥，看看浮云。

图书在版编目（CIP）数据

你笑起来真像好天气 / 简媜著. -- 北京：北京联合出版公司，2019.9（2024.3重印）

ISBN 978-7-5596-3329-3

Ⅰ.①你… Ⅱ.①简… Ⅲ.①散文集–中国–当代 Ⅳ.① I267

中国版本图书馆CIP数据核字（2019）第115883号

著作权合同登记号：01-2019-4768

本著作物经北京时代墨客文化传媒有限公司代理，由作者简媜授权在中国大陆独家出版、发行中文简体字版。

你笑起来真像好天气

作　　者：简　媜
总　发　行：北京时代华语国际传媒股份有限公司
责任编辑：昝亚会　夏应鹏
封面设计：所以设计馆
版式设计：胡玉冰
责任校对：吕新月

北京联合出版公司出版
（北京市西城区德外大街83号楼9层 100088）
北京中科印刷有限公司印刷　新华书店经销
字数150千字　880毫米×1230毫米　1/32　8.5印张
2019年9月第1版　2024年3月第8次印刷
ISBN 978-7-5596-3329-3
定价：49.80元

版权所有，侵权必究
未经书面许可，不得以任何方式转载、复制、翻印本书部分或全部内容。
本书若有质量问题，请与本公司图书销售中心联系调换。电话：010-63783806